中国文学名家小小说精选丛书

陆石桥传奇

刘博文　著

江西高校出版社
JIANGXI UNIVERSITIES AND COLLEGES PRESS

南　昌

图书在版编目（CIP）数据

陆石桥传奇 / 刘博文著 . -- 南昌：江西高校出版
社 , 2025. 6. -- (中国文学名家小小说精选丛书).
ISBN 978-7-5762-5716-8

Ⅰ . I247.82

中国国家版本馆 CIP 数据核字第 20254UF682 号

责 任 编 辑　王　月
装 帧 设 计　夏梓郡

出 版 发 行　江西高校出版社
社　　　　址　江西省南昌市新建区工业二路 508 号
邮 政 编 码　330100
总 编 室 电 话　0791-88504319
销 售 电 话　0791-88505090
网　　　　址　www. juacp. com
印　　　　刷　鸿鹄（唐山）印务有限公司
经　　　　销　全国新华书店
开　　　　本　650 mm×920 mm　1/16
印　　　　张　13
字　　　　数　160 千字
版　　　　次　2025 年 6 月第 1 版
印　　　　次　2025 年 6 月第 1 次印刷
书　　　　号　ISBN 978-7-5762-5716-8
定　　　　价　58.00 元

赣版权登字 -07-2025-41

CONTENTS
目 录

◀ 荠雨花

二三月软人。

二三月春风和煦，春光轻柔柔落进邻家院门。

日光迎夕晒，门做两用，大门不消过多介绍，长长的高门槛打出世之日起便自我标注，用来走人的。

唯有男人的长脚板才撑得起如此宽高。

垛，陆石桥方言中门垛的意思，芦叶最爱做的事便是发呆，目光伴随夕晒的光照，自然而然转移到门垛上。

门垛，一面半开的小门栏。

不知怎的，上到小学的芦叶总能想起课本中晏子使楚的情节，书里的门垛，该比邻家大。

该比邻家大，芦叶背着家里人多次去邻家看过陆石桥畔独此一户的小门垛。

小孩儿联想力没边没沿，发散开来如陆石桥畔忽而远行的船家，网到鱼吃鱼，无鱼就着月光温壶烧酒般自在。

自在如春画婆婆家，也不由得门垛边上堆满荠菜花。

有讲究，你小孩家不会懂，爸妈敲打起芦叶后脑勺。

二三月软人，代代相传的老话，寓指进入二三月后，春风拂面的畅快感，一扫冬日寂寥寒冷，与之而来的便是四时之中最温和的日光。

流年似水，日光洒落河面，映在人身上，披了件袄子似的，一个字，暖。

暖，也恼人，独属于春天的烦恼。

春暖，花便会开，陆石桥畔最先绽放的花儿是哪一朵，大伙抠后脑勺也说不上一二，谁家花最香，通常一闻便知。

许是沾了名字里同样带着春字的福气，春画婆婆侍弄的后院里，总有四时长香溢出。

且经久不息。

飘于河面皆可闻，时常凭借花香就能判断春画婆婆的所在，陆石桥畔的养花人里，婆婆家种类算不上多。

其胜于精，精致的精。

这点上，芦叶具有十足发言权，河道破冰解冻的时日里，一簇簇待放的花骨朵藏于苞间，像小女孩害羞的脸，红扑扑，与让人观后生厌的大红色无关，若仔细观赏过春画婆婆后院中含苞欲放的各式花朵，便能明白略施粉黛的形容，并非戏言。

放晴的早春天，晨雾未散，晨气被云里的日光映射，落在花间的露水，跟洗过脸的小女孩别无两样。

四时常相往，迎夕而来的春光打在陆石桥墩上，连半开的花朵都软绵绵地想缩回身躯，更别提六畜。

撒过米好久的工夫，两只吊着红冠的大公鸡方由院内蹒跚而出。

晴日，春画婆婆就着窗边春色，院门前支起躺椅，端起搪瓷缸子，大口大口的花茶淌入喉头。

过路人无不报以叹息，以及稍纵即逝的慕意。

怪了，缘何叹息，日日侍弄花朵，老人家二三月软软人不是很正常嘛？

于刚上小学的芦叶而言，世界铺陈开来，精美的同时亦蕴藏诸多谜题，她只晓得，每年春草渐深，花香满溢时，家里人总会拦着自己，亦或好言相劝，给自己糖吃。

一句话，别去邻家玩。

小孩子的心性，岂能给言语困束住，收起爸妈给的包装精美瑞士糖，邻院飘来的香气，撩拨芦叶的心。

一次两次，悄悄跨过邻家门槛，看见歪在躺椅上午睡的春画婆婆，偷偷翻到院子里，真没有点女孩样子，想起母亲每回抱出自己浣洗的衣服，嘴里蹦出的抱怨，不由得低下头看，叫墙壁刮脏的粉色保暖衣。

方寻见背后春画婆婆身影。

而春画婆婆的反应倒出乎芦叶意料，伸手，生满茧的糙手中，藏着两朵不常见的心形花朵。

二月二，龙抬头，来，给你别耳朵上，怪香咧。

芦叶大口吮吸面前萦绕的香气，丝毫没顾上老人目光中的闪烁波动，空气中带着些许泥土的味道，混合不知名的清新。

长此以往，家人忙时，芦叶便偷跑到邻家来，听春画婆婆讲过去的古话，陪她侍弄花草，而春画婆婆，也总会报以花茶小食。

日子一天天过去，如泡棉箱中总有盈余的鸡蛋，日子一天天过着，门前河水浮动，叫人安心。

下过雨的清晨，芦叶本打算往常样从家门中溜出，却被身后熟悉的手臂拉转回屋，噼里啪啦挨了顿意料之外的骂。

与此同时，邻家传来的哭泣声声入耳，好奇心涌起，抵消掉耳畔的父母责言。

春画婆婆哭了？

凝神细辨，春画婆婆的确在哭！

芦叶攥紧手中的心形花朵，直到多年后，上省城念大学的她才明白，手中的心形花朵并非花朵，而是荠菜的果实，为十字花科荠属植物荠菜的花序，象征逝冬与初春交替。

有花语，逢春生发，随雨而逝。

而春画婆婆的先生，那个少时曾清晰浮现身影于陆石桥畔的男人，为多年前那场龙抬头的春雨引爆山洪护桥任务牺牲者之一，捞起时，桥墩下模糊的身形里只剩下做拳状的右手，紧攥着一团沾满雨水的青绿荠花。

二月二，吃荠菜。

明月圆，人团圆。

青草初生的二三月，春画婆婆疯病已然成为常态。

春雨中，花香阵阵，邻院总传来絮语声声，这花好，既能观赏又可入菜包馅儿，像我家那中看也中用的长脚板男人。

迎夕晒干堆在门垛前，好让他记得工作之余常回家看看，赏赏咱亲手侍弄的花草。

怪香咧。

荠雨花香迎风落入水面，有忽而远行的渔舟唱晚，打桨划过桥墩。

◀ 洒钱榆

榆钱粥，好吃不腻味，多少年前，说来算去也没有多久年月。

飘落檐前的榆钱叶片，由青翠转为古铜木色，藏于屋瓦间。

不过十根指头缝儿流走的日子，年，月，日，三位一体经久不息，陆石河水般川流，复又归于平静。

只留下生茧的指头，朝阳洒落，年月走过的痕迹清晰可辨，日子叫日子日复一日打磨老旧，步履渐而蹒跚。

榆钱叶，能入酒席，青葱招展的叶片，较之同季其他树木，多有两分娇羞，叶片招展却绝不尽数展开，中心处凸起小核让自然蜷缩的叶脉呈小范围包裹。

活似油锅里走过一遭的扇馍。

扇馍，陆石桥茶余饭后上佳的吃食，佐以饭食能撑起一顿可口佳肴，烧起小半锅热油，翠云婶做来，得心且应手。

翠云婶，陆石桥畔的活钟表，六生一辈的后生喊她婶，再往下辈儿的唤作婆，其实看起来也没有多大年纪，常人眼里，翠云婶自带两三分不常见的英气。

换句话讲，比常人多了份果敢。

任榆钱树压过屋瓦也不修剪，便为最好佐证。

压就压，给它压过顶都好看，翠生。

榆钱发于春，早春的寒气将河水解冻，惊蛰过后，万物于时令中，泥土里钻出，蛰伏过一个冬季的和煦暖风吹过陆石桥畔的人家，吹绿树木枝叶。

榆树，亦从黑白的单调色彩中走出，一袭水墨叫季节添上色彩。

碧莹莹，映在老城人眼中，却只剩下单调的绿色。

单调？

葱茏着咧。翠云婶不比其他女子，喜欢花朵，她说乱花渐欲迷人眼，她说浅草才能没马蹄，葱茏的榆树枝杈，抽发出嫩绿色苞子，不消几日光景。

再抬头时，一簇簇翠盈满枝。

长势喜人亦诱人，挂满枝头的榆钱叶片，随春风舞动，少女腰肢般轻柔，好的榆钱叶必然晶莹饱满，逃不开翠生二字。

翠生，陆石桥方言，寓意翠绿春意的生发。

能吃吗？

孩子们对于鲜嫩招展的花叶，往往报以生津的口舌，躲不开老辈人一顿温和的敲打。

榆木疙瘩！

净晓得吃，也不开窍，弄熟才能吃。

自榆木疙瘩的顽童期走来，翠云婶从不足榆树半尺高的少女，到伸手可摘一人来高的榆钱叶，从一人走到愿得一心人，到顾盼白首的流云变幻，算算，老伴逝去已逾数载年华。

子女在省城安家，不常回。

老了，老了……

常会想起那些年轻的日子，想起那些事那些人，翠云婶微眯着眼，头顶的屋瓦上，榆钱叶挂满枝。

像钱币呢！

微微睁眼，深海叔正带着小孙子福榆散步，深海叔的老伴，前些年大病一场走后，深海叔的精神头便大不如前。

往事在目，历历浮现。

深海爱吃榆钱饭，作为陆石桥畔少有的教书先生，他常讲，莫道桑榆晚，为霞尚满天。末了摆上一大通榆钱叶的好处，如何采摘，如何入菜。

和别的教书先生不同，深海少聒噪，上课时总带着酒气，心思却格外细腻，注重生活情趣，如春来初生的陆石河水，摇曳在每个情窦初开的女子心中。

懂道理，有墨水，一副文质彬彬的黑框眼镜，构成当年女孩子心中对于心上人的憧憬与遐想。

而深海嫂，那个连说话都会娇羞到捂起嘴巴的女子，据说就胜在厨艺上，榆钱叶刚冒头时，掐下翠生的叶片，洗净加入白糖提鲜，搅拌均匀后即可食用，三月的早春天里，常能遇见河边洗榆钱嫩叶的她，与站在身后的他。

两两相望，背影重叠为一个好看的同心圆。

等我们摆喜酒，大伙不必上人情账，取元好问那句，又不颠，又不仙，带枚榆钱叶做酒钱就好……

酒钱尚在，深海嫂已过世，深海叔鲜少现出笑容，只在三四月的时节里，站在陆石河畔，痴痴望着水中游鱼。

杯盘粉粥春光冷，池馆榆钱夜雨新，榆钱最好的吃法，还是做粥饭食，将米粥煮至八分半熟，掺入清洗干净的榆钱叶，依个人口味放入切碎香葱适度。

大口饮下，怎一句沁人心脾了得，所谓春天的滋味大概如此。

多少年没吃过吧？

掰起指头算，少不得六七年光景。

光景，嘿，陆石桥畔这么些年过去，能把时间叫出如此雅致的，也还就你一人。

喝粥！

喝粥……

暮春时节，夕阳西下来得总那么及时且应景，慢点喝，小心烫。翠云婶回身进屋去，端出来刚出油锅的扇馍，扇馍凹陷处，恰好一枚榆钱叶落入其中。

榆钱未老叶脉却稍显老旧，至少和翠生沾不上边。

要抓紧些吃。

是要抓紧，你再不来，就要老了。翠云婶说着，眼角余光瞥向屋前的陆石桥畔岸堤。

暮光下，似有熟悉的身影袭来。

爷爷奶奶，你俩也来玩水吧，可凉快咧。小孙子福榆正光着脚丫在岸边踏起水花。

水花阵阵，阵阵，荡起往事如昨中挥之不去的点点涟漪。

多少年前，深海叔新婚的大喜日，同样的暮春傍晚，翠云婶拾起过一脉榆钱叶片，当作酒钱。

如今，酒在杯中，翠云婶脉脉的眼神指向深海叔，忽而笑出声来。

当真是个翠生的榆木疙瘩。

窗外，有春雨于暮色中洒落。

◀ 仁义面

仁义狗岁数不大，在世上走过八年。

仁义狗爱吃老爷子的凉面。

纯手工压制，细致到面粉，追根溯源回稻田中一粒粒微小的麦子，在田野里迎风招展时，仁义狗吐着舌头，大口的粗气从舌尖涌出，老爷子的身影从堰塘边走过。

微风经过田垄，入夏的夜来得迟些，较起平时，风里多了些甜丝丝的气味，一种悸动的心绪被风撩起，天擦黑，已为夜风。

晚归的人儿就着堰塘边的水洗手。

就做饭，新谷抽穗时节，预示着每一样事物都在旧与新之间徘徊，彳亍，拿最简单的一时三餐举例，厨房案板上，摆放着的那一袋袋米面，是过往岁月遗留的物产。

农家少闲月，经年吃下的苦被人们熬在心里，幻化成美好的品德，日子再好过，家里也要有余粮。

且必须为自己播种。

不为别的，汗滴禾下土结的果实，吃进肚里欢喜，放心，所谓的香，饱含着除本体之外的许多内容。

老爷子懂。

乡里走出的人都懂，给老爷子帮过无数忙的狗也懂，一人一狗，打初夏的荷塘边走过，经过田垄的风，嗅见萌动的草木香，暗自吸一口鼻子，大好的光阴藏在时节里。

晓风残月，老爷子书读得少，并不懂后生仔胜利口中这些文绉绉的话语，他只晓得今晚的月亮不那么圆满，走夜路少掉许多敞亮，农家少闲月，五月人倍忙，谁又都有年少气盛时，不跟你小娃计较，村里有互相帮扶的习惯，田里的事顶头大事，你帮完我再回头帮你。

搁陆石桥畔的方言里，叫帮工。

东家长西家短的事皆在农事里消磨。

打别人田地里起身而起的老爷子，鼻孔中嗅到除初夏荷香外的另一种气息，除开旁人只剩自己能发觉的气息，拿许多年后网上的热词讲——第六感。

又称直觉。

直觉告诉他，家里可能有事。

就回家，匆匆撒下手中秧马，顾不上脚下的泥，打着赤脚朝回赶，日头跟随脚步落下，在西边的天空上愈发小，愈发模糊，人在日子里碎着，一个个破碎的画面拼出完整的人。

待到家时，月头已爬上三竿，年初刚换的，曾在某段时间内叫老爷子引以为傲的，乡里少见的朱红色防盗门，业已虚掩，风吹过，门摇摆，以惨败的样式诉说着，刚经历过一场动荡。

仁义狗呢？

老爷子跌坐于地，不多时，狗拖着咸腥的汗气，打堰塘边径直走入敞开的大门，或许连它都察觉出来，屋中不对劲的氛围，贴过身去，老爷子一脚踢开它。

都说你是条好狗。

跟我快八年，咋关键时候不起作用！

那天，屋子里破天荒没有传出手擀面的香气，只有夜风中一人一犬，一声叠加的叹息。

好在，东西并没有啥贵重的不见，只是那份信任，于残缺虚掩的月光下，再弥补不回来。

如碎掉的玻璃，难圆破镜。

麦子的结局季节知道。

从仁义狗的目光中可以确定的是，撬门者必然为村人，你相信吗？狗能通人语，知人心。

通，知晓的意思，知人知面不知心。

有好些次，仁义狗衔起老爷子的裤腿，被老爷子一把拦下，走，回家吃凉面去，消暑解热。

一面一年，朝夕间时过境迁。

后来，老城拆迁，旧貌换新颜，老爷子搬到城里，依然是一人一犬，晚餐两海碗白面，佐以豆瓣酱，蒜末，河畔清风徐徐而过，流经岁月的风把时间侵蚀，幻化成一张张面孔上清晰可见的褶皱。

胜利的到访却叫人大跌眼镜。

堂堂城建局长要拜访一老头儿，土里埋半截的人，往根上捋，不沾亲带故啊，往五服里面生拉硬拽都谈不上唻，为啥。

老爷子却气定神闲地笑出些许褶皱。

微笑着的老爷子将胜利留下，做了拿手凉面，撒上自家菜园里种的蒜末，青菜，一碗白面瞬间安上筋骨，活色生香起来，再后来，陆石河畔悄悄开张一家不大的早点店，名为仁义面馆。

为政府老城新建数道靓丽的风景线之一，意在发掘消失的民风饮食文化。

在世上走过数轮光阴的仁义狗呢？

呵，据说胜利每次来面馆光顾，仁义狗都会趴在老爷子身旁，大口衔起其裤脚，眼神朝向门口的怀旧泥塑秧马。

见过的人都讲，这老狗真通人心，活脱脱一小孩脾性。

怎仁义二字了得。

◀ 土匪烟

在老城，五爷算个异类。

异，单指五爷手上夹着的那根令人闻风丧胆的烟。

烟有名，连陆石桥边玩泥巴的小孩都能脱口喊出两句，土匪，土匪！

土匪烟。

这就有点意味了，搁外来人耳边，真以为是来土匪了，晃晃头，朗朗乾坤青天白日下，哪有土匪的影子，只有陆石桥畔的泥水在夕阳映射中闪着浊光。

五爷的眼浑了，和三十年前不能比。

老话在那放着咧，三十年河东三十年河西。

时光面前，人唯一能做的就是接受。五爷叼着烟侃侃而谈，宛如一个哲学家。

末了还不忘问上一句，你说是不？

是。

是的背后，老城人总爱默默慨叹一句，五爷老了。当然，以画外音的形式。

老城人心善，当面说伤人话的促狭鬼，不会在陆石桥畔出生。

五爷出生那时，还没有现在的陆石桥咧，这一切，得推回到20世纪50年代。

20世纪50年代陆石河水的湍急，老城各种宣传片以及县志上留有这样的文字：陆石河全长100公里，发过的洪水不低于百次，平均一公里一次。

而今的年轻人早对数字没了概念，凭五爷这张嘴就算能形容得波浪滔天，于他们亦是波澜不惊，他们只关注兜里的钱包鼓胀和手机版本的升级。

世道变了，五爷不变，依旧爱在陆石河边钓钓鱼侃侃山，抽着呛鼻子的土匪烟。

唯剩下河水听他讲述从前。前朝遗老似的。

老城人在背后拿这话戳他，叼根烟以为自己还是爷呢？异类。

这年头，足够称为爷的人差不多死绝了，但这刺耳的词儿丝毫不妨碍五爷的活得风生水起的，五爷不是一个活在别人议论中就低头的人。

咱不在乎！五爷说着，从兜里掏出盒火柴，唰的将被风刮灭的烟重新点燃，老了，谁都能欺负我了。

九十岁的五爷打着哈哈，对着夕阳，上午发生的那一幕在烟雾中慢慢复活。

——是谁在卖假冒伪劣商品？

来的人气势汹汹，愣不知道这是五爷家的门面，五婶赶出来，小本经营赚个吆喝，待要递烟。

却被身后的咳嗽声制止了，不消说，是五爷。

五爷瞪着来者，一副土匪模样，在老城，没人敢对五爷瞎吼。

把你们队长叫来！我倒要看看谁假冒伪劣？五爷伸手夺下五婶手中待要递出的烟，呼呼抽了起来，却没料，问题正出在烟上。

五爷，我们没冒犯您的意思，可您这土匪烟，属于"三无"产品！队长六生抱着歉，自己是五爷带大的事连陆石桥边雨天抢生水的鱼儿都知道，小时候承蒙他老人家的许多好还历历在目呢。

六生心里更明白，什么叫法不容情。

眼下老城公然叫卖土匪烟的就剩五爷一家，得一视同仁不是。

个狗日的，烟雾散去，轮到五爷不明白了。想到三天后就要将剩余的土匪烟上交，且执法对象是自己从小带大的孤儿六生，五爷就气得直喘粗气，以为我就单是想制作贩卖假货，财迷了心窍？

才不是，说起来，土匪烟可藏着五爷的荣光呢，时间退回到新中国成立前，五爷只是个愣头青，唯一能和如今搭上边的就是手中那根烟了，那是个土匪横行的时代，据说当年，五爷就是凭借一支土匪烟装腔作势吓跑刚入城走到陆石桥边另一拨土匪的。

是这样啊，六生挠了挠头……

三天后，六生孤身一人准时到达，颇有点当年五爷一人吓退土匪的架势。

小子！五爷摆了摆手，一堆土匪烟码放整齐，就待六生收走，五爷最后看了一眼这见证过自己辉煌的老兄弟，一言不发闭上了眼。

不愧是五爷，大气！围观者都竖起了大拇指。

六生接下来的所为，则更加出乎大伙的预料。

他没有去碰烟，而是一把握住了五爷那双常年叼烟的大手，从包里掏出一张红头文件。

五爷接过一看，省非物质文化遗产申报通知。

六子跟着又从包里拿出一沓材料，上面印着明晃晃的大字，土匪烟传承人申报资料……

传承人的名字嘛，不消说，是五爷，当年单凭一根烟便吓退了土匪的五爷。

◀ 十八子

拧开绿药膏的盖子，淡淡的药香扑鼻而来，云菱抠了一块，膏体像果冻似的，晶亮亮，绿莹莹，颤巍巍。云菱细细打量一番，偷偷将药盒装进衣兜。

正自偷笑，厨房传来呼喊，夹在锅碗瓢盆交响曲中，云菱回以同样高亢的嗓音："老妈，十八子有事喊你！"

"没大没小！要懂礼貌，十八子不是你喊的，晓得呗。听话，喊李舅爷，妈给你买最爱喝的冰可乐。"说话间，老妈已闪进后厨间，顶着陆石河畔秋老虎的暑气，去遭遇另一场人为制造的高温。

书上管这叫人间烟火，云菱不懂，她小脑瓜左摇右摆，麻花辫一甩一甩，正是如风般自在的年纪。

里厨，锅已烧至温热，将鸡腿去骨，切块，放在砧板上按压松软，至水中浸泡抽出血腥，佐以料酒、冰糖、酱油、盐巴搅拌均匀，倾盆倒入滚烫已久的热锅，鸡肉炖开的间隙，备好去壳板栗，压回锅中。十八子正埋头做他拿手的板栗炖鸡。

云菱坐在堂屋，看见墙角日光照射处，现出簌簌剥落的墙衣，她觉得十八子脸上的皱纹，比墙衣斑驳。

"老妈，能不能别带我去蹭饭，丑行。"丑行，陆石河方言中寓意丢脸。云菱不喜欢十八子，也不喜欢去十八子的家，十八子拿手的那道板栗炖鸡，自己也早已吃腻。在十八子家唯一感到快乐的事，莫过于那些花花绿绿的药瓶，果盘中她最爱的永不见底的果丹皮，以及电视机里安上许久都摇不到末尾的电视频道。云菱最爱看额外付费的点播频道，趁老妈帮厨的工夫，抄起电话一通乱拨，可以连续看上好几集《百变小樱》。

待到日暮西斜，迷迷糊糊梦醒从沙发爬起，方桌上已摆放起三副碗筷，火锅夹在当季时蔬中间，板栗打底的鸡汤冒出咕咕热气，过去坐下，鸡腿早专门拣出挑到自己碗里，不消问，十八子的手笔。

十八子，龅牙齿。龅牙齿的十八子每每端起碗便打趣道："吃饱不想家，多吃点，吃饱不想妈，把你可乐分一半给舅爷喝好啵。"

"我不！"

日久年深，云菱对于十八子的厌恶有增无减。更深月色半人家，时逢月圆他总要饮到大醉酩酊才罢休，孤家寡人没人管，记忆深处，每回皆是自己同老妈推着自行车，自陆石河畔棉地里将他拽至后座拖回家中醒酒，一副赖皮样。

人往高处走水往低处流，怎么还有越活越转回去的。云菱抱怨："少管他，老妈，远亲罢了。"

"小孩乱嚼舌头，远亲就不是亲了？你可没少吃舅爷的果丹皮，宗亲孤老一个，能搭把手的就帮衬下。"

时光飞逝，宛如簌簌剥落的墙衣。云菱不再是拿药膏当橡皮泥玩的孩子，也不再拿豌豆黄盒子当口哨吹，教会她吹哨的十八子舅爷早就离世。

三伏天，云菱给蚊子叮得身上全是大包小包，遍寻各种驱蚊水毫无功效后，治好身上叮咬伤口的，居然是老妈带来的绿药膏。还是小小一盒，装着果冻样的膏体，这么多年都没变过。云菱想起一个久违的人。

那个在三伏天的人间烟火里，满头大汗做板栗炖鸡的人，那个在果盘里填满果丹皮的人，那个把鸡腿留给她的人。

十八子，龅牙齿，这回我把可乐全分你喝，好啵？

◀ 门脸儿

煤与火与锅炉，生出人间烟火味道，构成雨霖路一道独特的风景。雨霖路，好名字。

殊不知诗意背后，藏着透骨的凉意。

很简单，没人喜欢往医院跑，热衷于在来苏水，血腥气扑鼻的走廊里穿梭。

雨霖路不算一条好路，门脸后的掌勺马凯见过太多生老病死和别离。

他来自青海。早先和老城没有过多联系，如今，他已经是孩子的父亲，妻子的老公，虽然过年时也会拖家带口回青海老家。

但马凯晓得，自己是一株盆栽，一株离了故乡水土的盆栽。

每早六点，炉子翻滚的羊杂汤飘出的鲜香味簇拥在他身后，打开那扇陈年的卷闸门。

搁这儿叫门脸儿，老城人爱在有些词后面加儿化音，他自然是搞不懂。

全靠六生教。

和六生刚认识时候，马凯都没结婚，六生还没当上街道办主任，两人常在下班后对酒，正宗的青海烧，那滋味，叫一个纯。

现在却……

马凯脑海里不是滋味，有客人催点了十分钟的兰州拉面，语气里尽是不耐。

生平头一回，他给客人甩了脸色。

愤怒归愤怒，面却还是要做，一抻一拉，手上的大白胖子瞬间变作小长细腰子，朝架在炉上的铁桶里倒入，三分钟捞起，不看墙上时间，心里有秒钟走着。

咱拉面人的本事！马凯每回讲这话腰板都挺得倍儿直，似乎每个回回同拉面都有解不开的情结。

六生当然不懂。

在回族语言里头，拉面（发音）是青海的意思。

面端上桌，蒸腾的热气透过门脸朝街道上涌去，客人少了，就算一眼望到头，也网不住几号人。

传闻是真的。医院要搬。

年年都说要搬，妻子不知啥时候走到身后，马凯却从她的安慰里听出来些许不安。

叫人怎么能安心？马凯苍白的脸色已说明一切。

尽管整条街都怨声载道对路尽头的这座医院，可真正搬走，谁心里都恓惶。这条充满了烟火气味的小食街道，都是靠医院带起来的。

一方水土养一方人，医院常年积累的人流量，是整条雨霖路快餐街赖以生存的根基。

六生，你做的什么事！

面对前来吃饭的兄弟，马凯好不来气，但他还是没为难六生，这条街上，已经没有一家馆子允许兼任拆迁办主任的六生进门。

六生是鼓动拆迁的头号人。

搬到哪去？不晓得。

兵马未动粮草先行，听人讲，浩大工程的第一步就是让雨霖路上所有的快餐店关门。

哪是关门，这是要我们的命呀，马凯女儿刚上高中，正花钱如流水。

俩人吵起来，一顿饭不欢而散。

门脸外，秋风瑟缩。距离正式封门仅剩三天，马凯清理掉炉子上已烧成空心的煤球，抬头，烟火味儿十足的街道早不复存在，六生，就是在这时候走进马凯视线的。

身后跟着一群头戴黄盔的汉子，传说中的拆迁工人无疑。

得。

见过那么多回生离死别，马凯能想穿，不就是做不成生意嘛，上前拍拍六生的肩膀，多年交情，我不会阻拦施工的。

画外音还有一句，咱虽然是回民，但知道什么叫大局为重。

话毕，马凯迈着小碎步走进面馆，招呼妻子搭把手拉下门脸，卷闸门外，却给一股巨大的力道托住。

谁说做不成生意！

走进门脸儿发话的人竟是跟在六生身后的黄头盔。同志，生意咱不仅要做，还得做大。

怎么讲?

兄弟，这位是负责医院新区街道规划的黎工，不光医院搬，整条雨霖街都得跟着一起搬。

六生解释。

新区地广人稀，光医院过去，太恓惶，总得有点烟火气让病人滋生战胜病魔的勇气和希望吧，我们计划将医院附近路上的店家按原址迁过去，特地没发通知，想着年末，给诸位一个惊喜。

咋，把你吓傻了? 六生望着门脸儿里边半天没回过神的马凯，拿肩膀怼了过去，快，店里有啥热乎都摆出来，这些天给我憋得，咱哥俩得先喝上一杯。

要正宗的青海烧!

必需的，谁不知道这青海烧是咱拉面馆的门脸儿!

◀ 风向标

没回家是对的！

对着窗口，陆阳连喊三声，窗边斜阳转化为余晖，隐藏进角落的暮光里，三声过后，呼喊渐变为吼叫。

没回家是对的。

几乎每个熊孩子，面对闹心的父母，总会抛出这么一两句看似快意的话。

只是，看似惬意罢了。

言者无意，听者，却融进心去。

作为陆阳的头号且唯一粉丝，陆茜清楚地明白，儿子发泄的言语声中，自己扮演的角色有多令其憎恶。

扪心自问，她只想摆脱慈母的标签。

不都讲慈母多败儿吗。

拿上周举例，孩子放假，窝在家里沙发上看手机，闲适到快要溢出那张小脸，再看看别人家的孩子，谁不是端坐于书桌前，同三年中考五年高考模拟奋战。

想到这，气不打一处来的她冲上前去，夺下儿子手中的游戏，扔到地板上。

刚装修铺陈的地板砖光滑白净，手机应声落地，半空中划出道并不美丽的同心圆。

落在地上，如砸中母心。

三年前，远非如此。

三年过去，今非昔比。

陆茜实在想不到，儿子为什么会变成今天这样，当初最多算顽皮，现在呢。

背道而驰远超出顽皮的既定界线，慈母多败儿。

她自认并非慈母，却依然没把孩子带好。

眼下，正处于孩子成长阶段最重要的时期，学校已经下达最后通牒，三个字——管不了，如果家长再不严加管教，读书怕是难了，跟楼下王叔学摊煎饼倒有戏。

摊煎饼怎么了？王叔是好人。

嘿，你这孩子！大人说一句顶一句，要吃巴掌吧。

来呀。

陆阳觍着脸，面庞上玩世不恭的表情愈发放大夸张起来，七月，蝉鸣声不绝于耳，聒噪，无时无刻不在牵动着老城人的心，对于刚搬来旧城区的母子二人言。

不适，为最大的困扰。

先前那座名震四方的学校里，陆阳数次考试成绩不合格，以考核名次招生为名，儿子被名正言顺地踢了出来，看着儿子满不在乎的小脸，陆茜叹息着摆摆头。

作为母亲而言太过于失败。

她知道，孩子离优秀二字越来越远，甚至达到及格线都很难，跟自己的管教不无关系。但古话说亡羊补牢，为时未晚。

真的为时未晚？

刺啦，油落入平板煎锅，王叔经年的鬓角给阳光散出两分斑驳，放心，为时不仅未晚，且尚早呢。

相信我。

葱花撒入，旋转出好看的扇形，成长不就如锅中煎饼样，起初混沌一片，兜兜转转于手下，现出曼妙的弧形。

喘着大口粗气的陆阳，跑到摊位前，巴巴望向王叔，又瞅了眼自己的裤兜，空空如也。

喏，给你。

不要，咱大丈夫可不受嗟来之食。

哟，小伙子懂得怪多，没摊好而已，吃吧，不妨碍。

真的？

骗你我有啥好处。

夏日傍晚，风徐徐经过，穿插陆石河畔早生莲叶的荷香气息，落日余晖映在少年的脸上，一切看起来都充满希望。

只是，想到回家，陆阳心头那点希望便叫惧怕填满，不知怎的，打三年前父亲闷声不响离开后，妈就变了个人似的，对待自己再无往日的温柔。

更别说慈祥。

像网上传烂的段子，她是一个没有感情的机器人，徒有虚表。

没有感情，回家，剩下什么意义？

打母亲态度转变那天起，他越来越喜欢在路上折腾，哪怕是看水沟里的浮游生物，陆阳不明白，渺小如他们，为何还要选择力争上游。

抑或楼下摊煎饼的王叔，努力的价值又何在。

为啥不努力呢？王叔话语中的反问如当头一棒，给了陆阳一激灵。

试试换位思考。

日子总归会变好，你已经处于谷底，再没有比这更失败的事，现在但凡动一动，都是好兆头的开始。

只要行动，皆为上升。

早点回家吧孩子，你妈拉扯你大不容易，趁一切还来得及。

你妈肯定做出大桌好吃的等着你咧。

信你个鬼。

嘴上虽这么说，做着鬼脸打趣的陆阳腿下却格外诚实，河水倒影里，少年游鱼般身形飞快溅起浪花。

王叔将撒入葱花的煎饼裹起，渔阳唱晚，有载客归来的舟楫靠岸，袅动圈圈涟漪。

谁不是初次为人父母，怕溺爱又唯恐过于严苛吓到孩子，更况乎单亲家庭。

同样的话，王叔也对做母亲的陆茜说过。说这话时的王叔一脸腼腆，脸羞红如少年。

慈母，远不只会败儿。

陆茜所缺失的，不过是背后肯定她作出每个决定的风向标。

陆阳打心底觉得，王叔就是最好的参照。

◀ 谷未黄

夏天到的时候，福米也到了，我们坐在高高的谷堆上面，望着远在天边的月亮，挂在穹顶之上，世界如一局方正的棋盘，穹顶下的我们，发着呆。

动也不动，泥塑般。

知道万宝路么？福米问我，面对她突如其来的发问，大家都有些猝不及防。

我看见我妈装在抽屉里。她继续讲。

木质的那个大柜子？

三升去福米家的次数多，你家堂屋内靠墙的绿色柜子么。

嗯，福米点头。

柜子本身黄颜色，那年头资源匮乏，说白了就是穷，但再匮乏的世道也无法阻止人追求美的那颗心，福米妈托好久的关系，才从县里搞回来小瓶绿漆。

掺杂着水刷了一遍。

是以柜子看起来绿得出了层次感，这丝毫不影响它的美，就像人们看惯了三原色，混搭出来的七彩色系变成潮流。

论新潮，福米家在村里数一数二。

单就她屋前的道路而言，便能看出缘由，谁家舍得把瓦片踩碎，放在地上铺路用呀，多糟践东西，那年月。退一万步说就算没用的旧瓦片，都不会置于路上如此铺排。

怕只有福米家起头。

尽管村里对于福米的母亲有些许非议，但这丝毫不影响我们这些祖国的花朵，时代的接班人去她家玩，闲话的好处在于，小孩子永远听不懂。

孩子的眼里，永远只有贪玩与澄净。

福婶。

哎！

我们又来了。

来呀来呀，福米天天盼着你们咧。

福婶说着，从堂屋金黄色的日光里站起，我们知道她就要去里屋的砧板边上拿西红柿和菜刀，以及切成大块后撒上去的砂糖。

砂糖装在白色巴掌大小的袋子里，须多嘴一句，玩具不多的我们，特爱趁家里没人时偷偷去拉糖袋上的塑料条扭，拉开再用两根手指的力量将其复合，如此循环，往复。

谁家都有糖袋，唯一不同的区别在于，别家只能来客时，父母吩咐冲糖水的间隙，去舔一舔手上沾染的糖味。

福婶这儿，我们摇身一变，成为被吩咐的对象，那滋味，别提多开心。

透过杯身，看见沉于杯底的那层厚厚的糖分，宛如小人书上描绘的沙滩一样，静静地等待每一轮海水冲刷。

福婶说永远欢迎我们。

每次都这样。

轮到我们犯起难，一群半大不小的孩子，正半知事的年纪，人情往来是最基本的礼仪，我们能替福婶做些啥呢，去她家帮忙打下手，料理菜园子。

却总被按在堂屋小板凳前排排坐，坐在福婶晒过的日光里，我们格外羞愧，于是，才有了前面一说。

我们坐在高高的谷堆上，福米嗫嚅着（福米一向开朗）告诉我们，离升学还有一个季，也就是说田里的稻谷第一轮收割时，离福米升入初中的时间便不远了。

福米家自福米爹去世后，就福婶一人，田少得可怜，那点稻谷只能当作来年的口粮，面对学费，福米不开口我们也知道，她家会面临揭不开锅。眼看着谷子黄时，学业也得黄。

该怎么办。

你说婶子把万宝路拿出来擦拭好几遍。

嗯，夜夜擦，那可是福米爹在世时，远房亲戚送来的，相当于遗物，贫寒的岁月里，总归是个念想。

可不能让福米娘送人。

闭着眼睛都能猜到，她要送给福米新念书的校长，那个从县里调下来，腆着大肚子的男人。

没有半点老师相。

尽管他调来后没做啥出格的事儿，但那格格不入的身形已让村人对其保持警惕。

送？

送他奶奶个腿。

有风的夜晚，我们坐在高高的谷堆上面，面对着即将到来的早秋，密谋。

三升打头阵，我们掩护。

用弹弓将校长的窗玻璃上射穿，北风呼号，那是个月亮很好的夜晚。

若不是该死的照人清晰的月亮，相信胖校长不会追探到我们的身影。

第二天一早，我们兴冲冲地跑去福米家，却不想一进门便看到熟悉的日光下，坐着新鲜的人。

胖校长见我们进来，转过头笑着、

我们拔腿便要跑，却给一向跑步上树过人的福米给拦住，福米眨着小眼睛，扑闪扑闪的眼眶里，亮晶晶的，肯定有好事浮现。

胖校长是好人。

他调下来就是为了促成乡村儿童的升学问题，没学费学校可以先垫着，不光福米，九月头你们都要到我办公室来报道。

真的吗？

真的。

不过，你们先得修好我那块漏风的玻璃。阿嚏！胖校长说着，打出一串巨大的喷嚏，福婶的热糖水应声而至。

◀ 红盖头

脾气像有引线，火一点就燃。

夏夜的晚饭后，萍婶在桥畔挥动蒲扇。

蒲扇扑闪，流萤打摇晃的扇面间穿过，蒲扇破旧，风却是新风，吹得人心里那点火苗，愈发旺盛。

你是跟我赌气吗？

啊，路过非要拿个拐杖戳垃圾箱旁边的袋子。萍婶说着，挥舞蒲扇的力道越来越大，夏夜，自桥畔有河风袭来。

隐约，还能嗅到初绽的荷香。

萍婶发脾气的对象，是瞎子老三，说不清真瞎还是散光，总之，一双泛着白的眼里，尽给荫翳布满，陆石河畔小孩最爱逗他玩，但都浅尝辄止，毕竟，那眼睛有点瘆人。

你是故意跟我赌气？

萍婶不怕瞎子老三，本着非要理论清楚的态度起步上前，火药味十足，一句话便能点燃的样子。

半句也可。

瞎子老三却不给萍婶爆炸机会，一个眨眼没了踪影，背影倒真有几分武侠剧里侠丐的模样，唯独穿搭不太上章法。

过于规整了些。

想来，瞎子老三唯一的不足之处，也就是那对眼睛了，不然，至于孤身一人，沦落到这一把年纪。

河水潺潺，岁月里发生的事，只有光阴知晓。

同理，时间流淌的事，只有时光能够解决。

瞎子老三跑得快，幸亏他跑得快，不然给萍婶逮到，非得狠狠教训一顿，平心而论，萍婶知道自己哪不对，分拣垃圾时听到或接到别人的怨怒不是一次两次。

习惯并非三五日就能改掉。

三五日能改掉的，只能叫错误。

萍婶的一儿一女全在外地上班，居家上下，掰起指头往顶上算，不过两人一猫，猫倒还好，不消怎么去管她，可孙子得要人照应，孩子的成长路上，又岂止照应。

与照应直接挂钩的，是金钱。

金钱买不来团聚的快乐，但孙子和父母视频通话的网络流量资费，需要花钱充值，不知道是自己越活越过时了，还是世界越来越奇啬，萍婶瞧不惯天天对着手机的家伙，觉得世道蛮荒诞。

较真起来，却又找不到合适的理由去论证。

简单的四个字，世道变了，字眼背后的沧桑感无以继付，尽管做儿女都有给在老城上学的孙子打钱，且每月按时到账，但做父母的，特别是长到萍婶这类三代没顶的，大多不好意思花子女的钱。

孩子有不如自己有，能不伸手就不找孩子伸手。似乎是多数老辈人的心愿，到最终演变为心头的负担，怕孩子手上的玩具不如别家的，怕小孩没吃过好吃的。

种种小心绪堆积起来，爱沦为奔波。

放到萍婶身上，大字不识几个的她，不能同别的老人一样展开后半生精彩的二次发挥，但眼睛尖的她分拣垃圾卖点废品还是没问题的，比起同年纪的瞎子老三，萍婶充满自信。

唯一不足之处在于磨人，硕大的垃圾桶一眼望不穿底，生活垃圾不可回收垃圾混合在一堆，冬天还好，入夏便臭不可闻，攒到钱给孙子买玩具有啥用。

看孙子面上挂不住的嫌恶表情，再闻闻自己身上的味道，萍婶心里的烦恼便一股脑涌出，蹙上眉头。

好在辛辛苦苦，能实际补贴到家用，儿女打回来的钱她都未动，攒在卡里。

好景不长。

清晨六点，习习凉风吹过河床，面对着旦夕之间突然消失的垃圾桶，萍婶坐在陆石河畔，愣怔到讲不出话来，能找谁说理去，难不成满大街问别人垃圾桶去了何方。

荒诞，离奇。

更离奇的还在后头，一向见面躲着自己的瞎子老三，居然跟在六生后头，六生蹬着蓝色三轮车，瞎子老三跟在后面不紧不慢地朝地上卸着不知道是啥物件。

凑近看，才发觉是垃圾桶。

得叫多功能环保垃圾桶，以左右两边半红半绿的颜色搭配组合成型，用卡扣卡住，分装垃圾时则可以轻松拆开，照直对接垃圾车，映入萍婶眼帘的是十一个大字。

——可回收垃圾，不可回收垃圾。

好事，可轮到萍婶犯起愁来，都分到如此精确，一半红盖头一半绿盖头，自己一时半会还真有点搞不清白。

再者说，垃圾直接对应上车，还需要人吗？

当然需要。

特别需要，仿佛看透萍婶心里那点焦虑，六生走上前去，拍拍她肩膀。

不仅需要，我这个做晚辈的，还要聘请萍婶您出马咧。

看着一脸懵懂的萍婶，六生满脸诚挚解释道，咱现在不是提倡环保嘛，环保首当其冲的要务当然是垃圾分类，现在小孩子野，一是大伙可能都不清楚如何分类扔垃圾，二是怕小孩看见花花绿绿的垃圾桶对着疯闹。

我左思右想，陆石河边，除您外，垃圾分类没人更在行。

那可不，除萍姐外有谁这么内行，得有劳你咧。

瞎子老三笑着，从车上拿出一把崭新的蒲扇，递到萍婶手中，萍婶接过，转身奔入环保垃圾桶的安装中。

还别说，打接天莲叶无穷碧的叶脉望去，一个个花花绿绿的新型环保垃圾桶，真像极了萍婶口中所形容的——红盖头绿盖头。

身后，河风穿插其间，荷香四溢，陆石河面，弥漫起荷花绽开后独有的芬芳气息。

◀ 故乡明

老屋老。

老屋比父母还老。

岁月从陆石桥铺过的青石板路飘过，瓦片已被时间碾碎，陷入地底化为春泥，同时给埋下去的，还有爷爷。

刘红不太记得爷爷的模样，只有特定日子划开手机相册，小老头的微笑定格于流体屏幕中时，脑海中才会浮现出那样一幅画面。

夕阳西下，没有断肠人在天涯。

只有小老头摩挲着下颚上突出的胡须（其实说胡茬更为恰当），笑着，目光洒向远处的田野，距离田野最近的位置，是刘红儿时最爱的荷塘。

小孩好水，天性，长辈轮番呵斥也挡不住，总有两双眼睛没跟在身后的时刻，大人忙，她晓得，各有各的忙，小孩有小孩的快乐，这快乐属于自我独享，趁没人不注意，赶紧跑到堰塘边上，不管凉鞋有没有让泥巴弄脏。

脚伸进水里，波纹呈扇形晃荡，水面便起涟漪，没见过大海的她暗自畅想着关于海的万千形态，不顾身后匆忙寻来的母亲，竖起的巴掌，已黏上耳朵根。

那时候，电视都算稀罕物，老屋第一台彩色电视，没记错的话，仍带着旋钮和齿轮，调台纯靠手指拨动，都说小孩儿有使不完的气力，确实使不完，劲头和准力却差一截。

总差爷爷一截。

印象里的小老头，充满智慧，夹杂农人的质朴，忙月里大伙聚在一块挨家挨户帮工，傍晚歇脚时，聊起各种话题，还会脸红，好像一面接受，一面思索着什么。

脸红，一如既往地，月光映在脸上画一样，缓缓生出的露水似乎没怎么变过。

模样却不如往日清晰。

她是个爱看书的人，能不能读懂的书她都爱，许久许久前书里讲过，你现在所认为要珍惜的，都会被时间一一湮灭。

当然不信，那时她处于什么都不懂的年纪，无知者无畏，无知激发了无畏与勇气，敢于去质疑一切被称为定数的东西。

刘红，该换班了，回去好好休息，后天你轮休，明天上早班哦！

好，明天见，see you tomorrow。

如今的她，被各色看不见的条框困住，天空离自己越来越远，云朵里是否藏着那些已被丢失的声音，她不知道，更没时间去了解，追寻事物的来龙去脉，似乎永远属于少年，年轻的躯体方能驾驭。

越长大，越渴望轻松。

嫁到这座陌生城市的三年里，变化太多，多为变故，无一例外地从小镇的老家传来，天旱缺水，三伏天断电，旧时的冰箱孩子样发起脾气，不主动工作了，正纳闷呢，才突然想到冰箱来到家中约莫十年，光阴荏苒去。

真应了那句话，天凉好个秋。

每每拿出电话，想要对着那头倾诉，却总让浮上心尖的犹豫打断，继而转换为迟疑，许多本该打的电话，就这样给活生生按了回去，像泡在卫生间里待洗的衣物。

逐渐被琐碎的庸常遮挡，直到水渍给蒸干时才突然想起，哦，脑门后还有这档子事。

更别提要小孩，简直想都不敢去想，在这点上，她和丈夫倒出奇的一致，公交车上吵闹上学，摇晃的车厢内两只麻花辫子梳半天，才勉强于大人手中成型，再加上培养小孩的课余时间，这样的生活过于错落。

她不想要，暂时也没做好准备。

小孩子唯一好的一点，可能就属童真了，工作于儿童玩具店的刘红，对此深有体会，成年世界里存在许多壁垒，自己闯不过去黯然伤神时，突破的力量往往源于身边的小孩儿。

就拿工作上特不顺遂的前段时日说，那天回小区的路上，突然叫身后玩过家家的小男生拦住，拉起自己的手，待她回过神时，耳边传来小男孩清脆的呼喊声。

姐姐，这是我和妹妹收获的花苞，你要收好，把她送给你的家人。

几乎同时间，手机响起，划开屏幕的刹那，日历里弹出父亲节快到的消息，掐指头算算，那天排班刚好自己轮休。

该回去了。

该回老屋看看，她还有个小梦想藏在心里没告诉过别人呢，只有同乡的丈夫心有灵犀晓得，妻想开一家民宿，就在老屋。

月是故乡明，莹白色暖光落在青绿色纱窗之上。小红，相信我，咱们多打拼几年攒些钱便回去。

回哪儿？

回家乡呀，那不是你梦里都笑着喊着想去的地方。

窗外草丛，秋虫正撒起欢鸣叫，一滴滴发白的露水顺势爬上枝蔓，许是像儿时爷爷讲的那样吧，夜，从今夜起便变得晶莹透亮开来。

◀ 月半弯

猫是在废品回收站捡回来的。

猫有个好听的名字——中秋。

和日历中的中秋佳节倒无甚关联，不过那晚的月亮实在不怎么好看罢了，睁着大眼睛的男孩喜欢圆月。

父亲说月圆时，该叫中秋。

一年就一次咧，说这话时的父亲，带着微醺的酒气，面庞上憨坨坨的，挂着两枚酒窝。

圆月一般。

同样的圆月挂在天上，可望而不可即，天边的月亮如地上亲人的脸，男孩望天，父亲加班晚回家，他就总望天。

仅有月半弯的天。

傻孩子。

奶奶拍着他的脑壳，耳边传来熟悉的乐声，着实叫人欢喜，那是父亲回家时门铃的声音，简约，却又不那么简单。

父亲在陆石桥城区的书店上班，听起来轻松又体面。

归家时间倒比这城市的多数人要晚，月亮是引信，挂到天上的那一刻预示着不久后的下班。

月亮是拥挤，月光下赶路的人太多，固定的两班公交，一般总会一辆爆满，另外一辆也空空。

空并不意味好，付出的代价是不能直达。

下车后，得步行很久。

三岁看到小，小孩的成长离不开家长的悉心栽培，忙到深夜才回家，推开熟悉的铝门，经常连澡都懒得去洗便躺在沙发上，什么也不去想，或者说，想什么都是空想。

不如不想。

孩子的教育却是摆在明面上不得忽视的话题，老师反映过许多次，儿子老实，乖巧，但太过于老实，没什么大胆的创造性思维，学习成绩连带上不去，一来二去的反而不如那些会玩的孩子。

闹心。

通俗点说法就是脑子不灵光。

难道是自己从小教育方式出了问题，他揉着脑袋，太阳穴附近有些疼，突然感觉有谁看着自己，一抬头，儿子躲在房门后，小小的缝隙里探出一对眼睛来。

三岁看小，五岁看老，儿子正值二者折中的年龄段，四岁，小孩最好玩的年纪，却独独失去了孩子该有的天真。

按老师的话讲，叫发散性思维。

可怕么，为人父母，谁都是第一次，总得要经历学习的过程，特别是没妈的孩子，他突然想起，儿子这些天总爱搂着自己问，爸爸，月亮上真有玉兔吗。

问这干啥？

想知道嘛！

儿子稚嫩的小肉手挂在自己的脖子上，已经很晚了，他有些倦，将儿子莲藕般雪白的手臂扯下，不行！

回想起来，竟涌上来几分后悔。

不该那么敷衍，小孩同老人最大的共同点在于疑问，不断地发问，喋喋不休，对于世界的不解，到一知半解，再到忘记，以至于难得糊涂，人生的每个阶段都不该被敷衍。

如父如子，同样的命题摆在眼前。

爸爸，你睡着没。

孩子推开门，他多想画面再一次重现，直到被梦惊醒，他才听到屋里的猫叫声。

怎么会有猫，记忆中，除了儿子未出生时，妻子为治耗子养的那只，妻子难产去世后，家中便再也没有过。

老辈人总说猫三狗四，猫的角色，亦于时间更替中由劳力变为陪伴者。

儿子像猫，相貌神色里的慌张乃至调皮，都有猫极富性格色彩的一面，猫的神秘与儿子小脑袋里思维相吻合。

春困秋乏。

早春，频繁的猫叫声尤其惊扰人的睡意，狸猫终究被他寻到身影，赶走，丢在离家遥远的废弃物回收站。

而儿子，一双咕溜溜的小眼睛，自从那以后便失去神色。

晃眼，年月跑过半旬，快到中秋，儿子变得愈发内向，正好玩的年龄，做父亲的只能用四个字概括，无力回天，他是真的有心而无力，想回家陪伴儿子。

到家，儿子已陷入熟睡之中。

是该给他再养只宠物。

母亲的絮叨仍在耳畔回转，当年的事，也不能怪到猫身上，妻子仅存不多的遗物——发卡，被顽皮的花猫给咬碎，一怒之下，家中再没有出现过猫。

没人敢提猫相关的字眼。

临近中秋，该着手准备儿子的礼物了，不知怎的，兴许想太多公交坐过站台，意外地来到同妻子恋爱时最爱去的城市公园，该加上旧址二字——如今已沦为城市边缘最大的废弃物填埋场。

竟然，传来两叫猫声。

天意？猫扑腾到自己怀里，嘴里，衔着一枚斑驳的粉色发卡，再抬头时，月已爬上夜空。

满月。

想起家中熟睡的儿子，为了能让猫叫声漫过床头，在他将醒未醒之际，塞到他莲藕般的手臂旁边，为了让儿子再不用支着下巴在电视面前等那只汤姆猫，悄悄带去惊喜。

想到这儿，沉重的脚步亦如晚风般轻快起来。仰头望，半弯月已升至天心，有趋向团圆的势头。

得赶回去告诉孩子，月亮里不仅有玉兔，还有妈妈。

◀ 三板斧
....

宁当鸡头不做凤尾。

肖成武放下菜刀，伸手推开案板旁的冰柜。

香肠在下面一格，紧邻后腿肉，那玩意炖汤最为鲜香，佐以打完霜的陆石桥本地白萝卜，白里透红的搭配，可谓深秋时节滋补身体的绝佳上品。

两碗下肚，裹挟汤汤水水，喝一出身热汗来，逼得寒气望风而逃。

你又不是寒气，跑什么？

肖成武不解的眼神落在四顺远去背影上，背影逐渐拉长，在日头下倾斜摇晃，直到再看不出人样，菜刀方从案板脱身，搪瓷盘中躺着解冻的香肠。

做贼啊，心这么虚？尽管疑窦丛生，对红案师傅肖成武来说，做菜才是头等大事。

相较后腿肉炖白萝卜，香肠算不上新鲜菜，追根溯源得回到去年冬天靠近元旦那个周末，爆竹声中一岁除，春节已逼近，陆石桥畔仍保留杀年猪的旧日习俗，是以元旦前后，每家每户都要给胡一刀打电话提前预约。

而胡一刀那印着屠宰二字的重型三轮，总会喷出乌漆麻黑的尾气，携一股柴油味招摇过市，突突突的叫嚣声中裹挟着血腥。

抓猪是技术活，把一头养到两百多斤的本地肥猪逮到三轮车上，没三板斧还真拿不起这事，至少要四位壮汉，别小瞧猪，这家伙除了脑子笨，哪哪都不甘输于人。

你啥时候见过如此灵活的大胖子？

洪金宝啊！四顺反驳，六生家电视里见少了？他那五福星系列的 VCD 光碟都快看花了。

电影能当真？我看你没话找话，杀猪仅需一刀的胡一刀将年猪捆好不再理会四顺，这小毛头特别爱跟大人狡嘴。

轰隆轰隆，随响声而涌出的柴油味是所有陆石桥孩童的年末记忆，闻习惯后竟也不觉刺鼻，杀猪只是起始，真正烦琐的事还在后头，灌香肠便是道绕不开的工序。

取出冒热气的猪小肠，以开水浸泡佐以少许面粉，吸附出多处脏污，再用竹片一节节刮掉翻转过后肠内剩余残留物，循环往复三遍无异味后沥干即可。

与此同时，将鲜肉鸡蛋葱花姜末同调料搅拌均匀，将绞肉机出口喂进肠衣，以麻辣鲜香肉末充实覆盖小肠内，一节连一节，用绳子系好挂上竹竿，置于冬阳下晾晒，风干后即可品尝。

香肠怎么做都好吃，做饭前放在电饭煲格子上蒸熟，与海椒蒜苗爆炒，夹上一筷子就着白米饭，那香甜，几辈子修来的口福。

而肖成武最擅长的做法，则是老友胡一刀颇具钟情的菜式，过热油煎炸酥脆，炸出外焦里嫩的质感，简便且下酒，用胡一刀原话形容，你留在陆石桥是我的福气，能香翻人一跟头。

那年月香肠称得上稀罕物，除开近在眼前的年关，便是红白喜事流水席，以四顺为首的小孩可馋咧。

馋又如何，猪再肥肠子只有一副，在好菜都用来待客的陆石桥畔，小孩难得上桌，为这事四顺不知做贼般偷掉多少金豆，才换得肖成武怜惜，罢罢罢，谁让这孩子喊我一声么爹。

正好，那年主客家采购的菜略有盈余，肖成武盘算想，找些没人要的残损肠衣做上两节，谁承想翻遍屠宰场，也只寻得半副猪大肠。

开玩笑吧，外行也知道大肠厚根本不能拿来灌香肠，纵然肖成武叱咤各类红事白事，为陆石桥畔首席红案师傅，邻县饭馆花重金挖墙脚都没去，但这与能力无关。

巧妇难为无米之炊！老祖宗可是说得再明白不过。

那你到底吃上香肠没？妻子听得入迷，忍不住伸手拍打四顺肩膀，卖这么久关子还不讲结局可说不过去。

跟往事较什么劲，一辈子太短，一瞬间太长，从回忆里缓过神的四顺才发觉肚子饿了，做饭去，边吃边唠。

电饭煲呼呼冒着热气，趁妻子炒菜的工夫四顺将格子置入，蒸腾而出的鲜香在屋内四处乱窜，真到端上桌时，却是貌不惊人誓不休，一节足足有胳膊粗的肉肠横卧其中。

这菜长相挺猛啊，叫啥名？

尝尝。

无限献殷勤非奸即盗，妻子咬开肠衣，满满馅料涌出。味道确实不错，有话快说。

知我者莫若妻也，这大肠灌肉就是结局。四顺笑道，宁当鸡头不作凤尾，放着故乡大把资源不用，出去永远是给人打工的命，我俩好好研究下，锁鲜类食品可是时下最赚钱的门路。

不瞒你说，品牌名我都想好，就叫三板斧。

三板斧？

够猛吧，故步自封是杀，安于现状是死。咱手握成武幺爹独门秘方这一板斧，加上陆石河两岸近年大力支持回归旧味传统这第二板斧，还有贤妻把关第三板斧，想不成功都难。

瞧把你美的，多吃两口看能不能堵住嘴。

妻子掰开肉肠细细品味。

纱窗外，月亮悄悄漫过河水。当年肖成武拿着半截大肠寻思如何炮制三板斧的身影，自四顺脑海漫出水面。

◀ 蜂林晚

大雪封山，进村路程由直线变作弯弯曲曲的羊肠小道，仅仅花费半天时间，鹅毛样的飘雪，便重重覆盖在荷塘上，田垄边，放眼望去童话样洁净。

除去偷跑出来玩雪的小孩儿散出的叫闹声，陆石桥畔一片静静谧。

片片飞絮落下，如顽童般的雪片，浑身上下遍布撒谎的本领。

啥时候下大的？

无人知晓。

苦于起时较轻，让人根本觉察不出雪花的分量，饶是如此精怪，也只骗得了别人，瞒不过素喜婆婆那双能够感知气候的眼睛。

站在荷塘中的素喜婆婆，正抖落半身飞雪，双脚有规律朝前移动，她才顾不上看雪耍把戏，气候更迭早如吃饭添衣，成为身体机能一部分，这是岁月所赠予的，在孙子晓文嘴里头被唤作魔法的东西。

晚来天欲雪，其实天要下雪的欲望，多少年前就叫古人写到诗里头，乖孙以后多看看课文就晓得了，先回屋。

拿胳膊肘撞撞晓文的小脑袋，小孩儿便蹦蹦跳跳，于越来越远的视线中浓缩成一粒小黑点，没时间照看他，自己手上都全是淤泥，素喜婆婆十分清楚当下的情形，得趁雪没彻底盖住荷塘前，将泥水下的宝贝挖出。

一念及此，手上动作便赶张起来。

赶张，陆石桥俚语，意为急促匆忙。

必须得承认，饶是素喜婆婆这般见多识广，都给今朝的大雪慌乱掉阵脚，塘底的积泥不会骗人，一脚浅一脚深踩下，刺骨的严寒源源不断涌出，顺着脚跟朝裤腿上爬。

藕没踩到多少，不大会儿工夫过去，按孙子数学书上见过的柱形统计图形容，嘴里哈出的热气已呈曲线下滑状减少。

得加把劲，为了晚饭那顿铜炉火锅也要拼一把，叫大伙看看，这把老骨头还说得过去。

嘁，有个啥好看哟，你婆婆这人没别的毛病，唯独爱跟自己较劲。

晓文满脸疑惑望向同样围坐在火塘边的清山爷，打记事起俩人便吵吵闹闹，一晃眼自己都上小学，他俩却还是老样子。

较劲，啥意思哟？学清山爷的语气，鼓着酒窝的晓文反问道。

没有回答，清山爷掏出土匪烟，伸到炭火旁点燃，朝屋外走去，不大会儿，荷塘上便泛出两朵涟漪。

荡开铺天盖地的雪，看来小年轻嘴里说的男女搭配干活不累，不比咱老话缺道理，素喜婆婆提起方形竹篮，接过清山爷手头带着泥土清香的冻藕，转身回到火塘。

那里，等候已久的暖炉早发出歘歘尖啸。火焰旁的圆桌上，已支上炭烧铜炉火锅。

来，喝杯开水暖暖身子。

二老别慌，再加点我的蜂蜜！

就等你咧，小宋，租我家偏房住一年多，成天到晚不出来，躲在林子里干嘛撒。

晓文回头问道，脑袋上却挨了重重一记打，儿时的他实在不能理解，眼前这个外乡人，为何霸占自家竹林。

毕竟，从住他家起，婆婆就不允许晓文往堆满木箱的竹林跑，哪怕是眼下数九隆冬。

好奇？

那是秘密，谁都会有的，秘密根植在每个人心中，如同爱的背后，一定存在与之对应的代价。

喝了你就晓得。

哎，甜得有点腻了，皱起眉的晓文朝火塘直吐舌头。

莫听他的，小孩家家不懂事，要我说，你这野蜂与家蜂杂交的计划啥时才能成功？

快了，你俩老喝一口这老笼王蜂蜜自然明白！小宋笑。

只一口，还真是，疲惫迅速消除，体内糖分立马得到补充。

清山爷精神抖擞往铜炉锅底腹处加炭火，排骨，新鲜出水的莲藕，相辅相成的沸腾声穿越围炉与屋顶，飞升入雪空，打破时间与空间的结界。想当初，谁不是提着口气过日子，那口气卸掉，岁月的纽扣自然而然也就松开，许多事归于淡化尘凡。

一向排斥成熟二字的晓文，都不由得迈进成熟的年纪。

蜂房早已远去，小宋的身影，褪却为记忆里芝麻大小的黑点，消失在人海中遍寻不得。唯独那老笼王蜂蜜，鲜甜不失滋补的味道，叫人难以忘怀。

又逢大雪，对着电视台镜头，晓文款款诉说起那段往事。

我所理解的成熟，并非与过去的事物告别，那样太冷酷，你看这雪，铺天盖地的寒冷，都不过是为了让我们聚在同一处温暖的屋檐下，灯火昏黄细数往昔。

钩沉的往事中，小宋给老笼王蜜蜂分箱的身影愈发清晰，丝丝袅袅的蜂蜜香气突突在茶杯上面萦绕，火塘边的孩子，使劲抽动着鼻子。

宋叔，但愿你能看到，我一直在这里，等你哪天尝尝我们的老笼王蜂蜜，有没有当年火塘边正宗。

卡！

电视台命名为年味的栏目组，最后一个落在镜头里的画面，是晓文注册的老笼王蜂蜜的金字招牌——蜂林晚。

传闻，金灿灿的牌匾，上色时特地掺了野蜂蜜。

野，很多时候更是原生态的标志。

◀ 角力精

从堂屋跑到天井，满打满算八步，自天井窜回堂屋再至里厨，同样八步，乘以三，天祥自然晓得结果等于二十四。

算术比蛮力简单，对九九乘法表早已烂熟于心的他而言。

毕竟得有一面赢姐姐，跑步比不上她，脑子还转不过么，天祥两颗小眼珠骨碌碌摆动，待他转身，姐姐的白色衣袖随风挥舞，已如往常般拉上自己背心，堪称致命一击，幸好及时发现闪过，不料迎头撞上里厨门口的檐柱。

砰的一声，栽倒在终点前。

你可真不心疼我。

回头，揉着脑袋的天祥嘟囔起嘴巴，期待眼前直喘粗气的白胖身体上传出些许安慰，姐姐一如既往地沉默不语，打知事起，除了嗯，啊，饿之类的语气词，似乎就没听她嘴里蹦出别的话来。

一天天地，跟谁角力咧？

角力，陆石河方言里较劲的意思，通俗点说就是心里憋着口气，不服人。

落实到姐姐身上，可谓条条命中，这词生来倒像是为她发明的，除去嗯，啊，饿，天祥的印象内，姐姐的动作反而成了某种独特的语言体系，总爱动手打人，要不她小名咋叫角儿！

便如此刻，没有慰藉与安抚，朝自己擂过一拳的姐姐，手头正揣枚鸡蛋，给毛巾包裹住的熟鸡蛋，冒着刚出锅的热气，拿陆石河水煮开，有股莫名的清香，天祥接过，朝额前轻揉半分钟即算了事，男生性急的毛病暴露无遗。

剥开鸡蛋一人一半吃，家中长辈常年教导的分享，总归在心里生了根，堂屋左壁的挂钟，已响过四声，得赶在六点爹妈收工返屋前完成任务。

低头，抄起棕毛编制而成的竹扫帚收拾蛋壳，姐姐话虽不多，脑子痴笨没自己灵光，眼色还是能看懂，搬起凳子坐到大门口皂角树下，听着啄木鸟的凿洞声，替弟弟把风。

天祥呢，则将木梯对准碗柜正南方向支去，趔趔趄趄爬到梯顶，伸手朝装着酵母粉及小麦面的柜角扒拉，比电视上演的战场扫雷都要仔细认真，好半天才翻出宝贝来。

六月天，已是满头热汗，镜子里的他额尖直泛白光。

姐，我像他们演的那些大醉侠吗？

镜子外，本不期待得到回应的他，摆出副醉剑客的模样，一手执起扫帚，另一手捏着透明酒壶便要往喉头灌，不想大口下肚，辛辣自肚皮翻涌，嗓子眼都给呛出烟来。

传说酒是粮食精啊，陆石桥人逢年过节接待贵客的家酿窖酒昨这么辣人，都不如饮料香甜，亏大发了！为拉拢姐姐入伙偷酒，天祥答应过在皂角树下替她搭副秋千，还学起电视台词来，男子汉一言既出驷马难追，反悔你揍我。

少年不识酒滋味的他，疯了般朝水缸跑去，一瓢接一瓢的陆石河水，总算把酒气给压制下去，那股子辛辣劲儿却回味绵长，和姐姐的痴笨角力相似，阴影般笼罩天祥的童年，于物于人，他实在提不起什么兴趣。

直至初中方才晓得，疯起来连爹妈也打，碗筷都砸的姐姐，患有先天性脑瘫，精神发育迟滞，可能一生只有七岁不到的智力，活不长，是医生告知的诊断结果，亦是十里八乡对她约定俗成的看法。

时间逐年流逝，一曲新词酒一杯，姐姐的行为证实了医生诊断，依然停留在去年天气旧时亭台，天祥忘不了初三暑假，拉，半大小子的他被姐姐拉着去门前菜园追赶蝴蝶，涂粉红色指甲花，拔野萝卜缨子头戴灯笼草过家家，尽管自个满脸不情愿，仍拗不过爹妈的那句陪你姐玩会，俩人一趟疯闹到日暮西斜，月上柳梢，萤火虫漫天飞舞时。

夜深，隔绝在蚊帐外的蝈蝈与蝉鸣，发出夏天独有的声音。

合眼，蓦然想起小时候，姐弟俩躲在院门外晾衣绳边的被单中，玩捉迷藏的午后，什么时候开始长大，暑假前语文老师布置的命题作文在脑海中徘徊，与之涌起的记忆河水般泛滥，当我不再爬梯子偷喝粮食精的那刻起，或许就是 长大吧。

问题交织问题，筑成少年心事，器物的停滞，等同于过往时间的静止。

睹物思人，会怀念吗？

面对主持人的发问，坐在陆石桥招商引资大会主席台上的他，选择以笑容作答。

许多过往，本就如好酒般无需多言，全安放于一口口历久弥香的陈酿中，瓶盖揭启，承载渐浓回忆。

是夜，天祥回到河畔老屋，下月此处便要推倒重建，以自己亲手挖掘传统配方陆石桥老窖酒再度焕发生机，获得省白酒类评比金奖，唯一不变是门口那棵住着啄木鸟的皂角树。

皂角树下，答应过却逾期多年搭起的秋千正在风中晃悠，他要证明给沉默不语的姐姐看，自己从未食言。

尽管，向来以角力精著称的姐姐早已不在人间。

◀ 断舍离
....

天光渐亮，吸气，换上跑鞋。

劈开迎面而来的风，雾，杨黎菡下意识揉了揉眼睛，朝老城方位以北处飞奔。

朔风呼啸，十一月的气候携年末预告劲头，大雪将至，不仅仅作为节气的体现，更是落在心头来势汹汹的寒冷。

脚下新买的流线型跑鞋，与眼前朦胧浑然一体，天将亮未亮，满世界的静谧皆披上层暗昧。

北边，几近丰腴的河道传来阵阵水声，陆石河水哗哗作响，杨黎菡习惯清晨六点跑步，大前年开始的。

那会刚满三十。

人过三十一道坎，跨过去的那夜凌晨，她被发亮的手机屏幕弄醒，是各类公共平台发来的生日问候，字里行间尽是虚假的祝福，寻不出半点情谊。

杨黎菡应属这年头少有的，拜年群发短信与微信两不误的人，回信少之又少，少到只有住在陆石桥对岸，与父母同辈的五爷。

在这个飞速逝去的年代，信奉断舍离。

杨黎菡不喜欢那些名为断舍离的畅销书，来老城已五个年头，二十三岁大学毕业，实习吃过社会的苦，敲打一番后下定决心回炉再造，过千军万马闯独木桥的紧张生活，日子嘛，讲到底莫过日复一日的推倒与重建。

舍不得的东西，从不觉长。

长久的长，长河的长，他名字里的那个长。

考研资料盖过杨黎菡额头，给人些许群山环绕的遮蔽感，三面包围的隐蔽让她心里觉得踏实，游弋题海，猛地给外界干扰一激灵，瞬间涌起恍若隔世的错觉。

常令她想起小学，教室后三排那些最让人讨厌的总把书码到巨高的同学，其实抽屉空空如也，单纯为阻挡老师盯梢。

战壕已就位。

伺机待命。

收到！

看不见脑袋的末尾三排，小小孩童以纸条传递着情报，生怕给老师抓住，好一顿训。

当时的惧怕和惶恐，都被时间巨龙张开血盆大口吞噬，有幸逃离掉的，亦为流水冲洗，落花填平。

人就是这么变化的。

复习考研的日子，她身上唯一的标签——社会闲散人等，自习室这类专属北上广的专属场所，未曾普及至小城，只能去书店学习，四条黄木长桌，十六条板凳显然满足不了需求，书店说早晨九点开门，八点出头便有考研党排队，排在前头不一定有板凳，等到开门，谁冲在最前，跑得最快，屁股落在凳子上才算稳坐钓台。

每每码放战壕时，旁边总会有一人喘着粗气坐下，那男生便是阿长。

满头黄毛的阿长，起先并不讨杨黎菡喜欢，她实在看不惯挂着两副耳机线，听流行歌学习的家伙，都二进宫不能专心点么，还这么玩，罢了，我也不是你娘老子。

泥菩萨过河，爱咋咋地。

某日错题无解，一双纤长细手越过战壕，才晓得，阿长学习能力比自己强，书与笔尖摩擦，发出沙沙作响声，她开始沉醉于阿长那看上去玩心大，实则粗中有细的清秀面庞。

时日渐长，逐渐发展到两人牵手一道吃饭，飞奔过仅剩两秒的红绿灯，给晚来那方抢座。

晚秋时分，他的手好暖。

因这暗生的情愫杨黎菡耽误了学习，光景倒退回六年前的大寒时节，连笔试都没过，实在是让人鄙视，阿长二进宫，如愿考上北方名校，毕业进了图书行业，至此主动断却联系。

没脸面对父母，索性丢下再战的梦，翌年杨黎菡匆匆考上邻镇事业编制，来到位于陆石桥畔的老城工作。

青草香，木棉黄，过完一巷是异乡。三十岁的杨黎菡，免不了活在职场的闲言碎语中，话传话，多数时候能传出花来。

偏生她不在乎，从头到脚愈发浓艳亮丽的装点自己，任流言淹没，后来，干脆辞掉工作，做起微商。

有些人不信命，执着于在疼过的地方再伤两回，以期峰回路转，杨黎菡便是其中之一，年初，遇到一挺聊得来合作伙伴，抱着试试的态度去谈了谈。

命运给了她相似的结局。

挣的钱被骗去不少，似乎只有跑步能缓解满目疮痍的倦怠，天渐渐亮起，杨黎菡的脚步停驻于陆石桥南岸，车衣巷口，一家不知何时新开的书店。

上至二楼，熟悉的方位布局，恍如行在梦中。唯一不同是桌椅较之前者居多，不会出现抢座的问题。

右肩被人用力拍了下，杨黎菡浑身泛起鸡皮疙瘩。

咋，土地奶奶捉蚂蚱，慌了神？

杨黎菡边擦额前汗边嗔道，五爷就爱玩这些小孩家家的把戏。

可别冤枉我老家伙哟，玩心大是小伙子！

五爷侧身，杨黎菡回首，书架座位背，是某张熟悉的清秀面庞，来，带你看看咱们的店。

短暂的慌神后，手被拉起，温暖如昨，只不过这次，主动与被动调换位置，像他当初牵她那样，两人撒着欢朝店外跑去，分秒相争。

人总是会变的。

阿长的书店里，找不到市面上最为热销的断舍离。

辰时，临街处天光大亮，水云上升起一抹初冬时节少有的艳阳。

◂ 双响炮
·····················

　　猴王丹，大大卷，脚丫糖，临出门前三顺交代还要盒擦炮外加冰酸梅汤。

　　这么冷不要命啊！

　　六生扯着近乎感冒的嗓子，两条清鼻涕进进出出，眼睛瞪到像歌词里唱的铜铃。

　　瞧你前怕狼后怕虎那样，三顺边说边朝裤兜伸手，好半天才翻出张皱巴巴的绿票来，上头印的布达拉宫远在万里之外的西藏，听说那儿的人都有信仰。

　　信仰是个啥？

　　信仰是个啥呢？比六生只大半岁的三顺仓促间给不出答案，跑完腿到陆石桥对岸再告诉你，趁我妈下地的工夫，记得好事成双，擦炮要双响的。

　　说完三顺拍拍六生脑壳，学起小人书中地下党接头剧情，讲出那句速去速回的经典台词。

　　攥着钱的六生，走入杨花落尽的胡祠堂巷，远处陆石河水已有浩渺凉气飘出，最是人间留不住，朱颜辞镜花辞树，六生耸肩，摇头，模仿起电视里常播的那首爱在深秋，烫着拉面头的港星唱到动情处模样。

电视可是好东西，想到这儿六生鼻孔中两条青龙进出的频率明显提速，溢于言表的兴奋源自大屁股盒子电视带来的震撼，比起日复一日的生活堪称莫大冲击，许文强喋血上海滩，卓一航与练霓裳冒着风雪私奔，骑摩托车满街抓犯人的陀枪师姐陈三元，以及寒暑假每轮重播都榜上有名的还珠格格，构成那时代孩童对未来的最初幻想。

外面的世界很精彩，外面的世界很无奈。那年月广告比正片多，一集四十分钟要拆成三段来播，往往在最精彩处切入，且不放完片尾曲，苦了扒着屏幕抄歌词的小屁孩，掌握规律后，三顺六生轮替坐班，一人抄一句，夜风吹过扔在电视柜旁的软抄本，密密麻麻的歌词散出墨香。

六生知道，三顺买这么多零食纯属要面子，前天在学校讲好的，他做东邀请同学们去对岸河滩处野餐。

本是件皆大欢喜的事，六生却不怎么开心。

装什么大哥，真拿自己当许文强啊！我又不姓丁。敢怒不敢言的六生趴在村头小卖店的玻璃柜前，腮帮子鼓到通红。

气的。

都是从小玩到大的伙伴，有必要拽气得不行吗，还酸梅汤要冰的，冻不死你。

鼓起腮帮子，六生绕过玻璃柜往里走，琳琅满目的货架上摆满孩童的梦想，一袋袋零食错落有致码放，里屋飘来炭火的清香。

这么早烤火？六生朝墙壁望去，挂历刚扯到霜降那页，话虽如此他仍伸出手在火舌上画了个来回。

你都晓得会钻门缝，风不晓得钻骨头缝啊？五爷站起身，一身老骨咯吱作响，那六生点的，把货物装进黑色方便袋递过来。酸梅汤只剩常温的了，卖雪糕的冰柜入秋后就拔了插头。

三顺特别交代的酸梅汤居然不是冰的，没能百分百完成三顺这家伙交代的事，六生心头竟有些许快感翻涌，走出小卖店的他打出个巨大的喷嚏，两条青龙瞬间化为鼻涕泡，在日光下闪出奇异的光泽。

典型的幸灾乐祸。

但求无愧于心，没冰，对三顺身体而言不失为好事一桩。

攥着零钱的六生不紧不慢赶到河滩，三顺一张脸几乎要垮到下巴，你是成心让我丢脸对吧？

随便你怎么想，你当我故意那我就是故意啰。

如此针锋相对的情形常在双方话语中出现，小孩没隔夜仇，情绪如秋后蚂蚱蹦跶不了多久，野餐最终不欢而散，说好的擦炮也没朝河里扔。

扔不掉的是一肚子不满。

人与人，哪有一辈子的怨，都是经年累月造成的错觉。

同理，更没有一辈子的缘。

隔天上学六生才晓得，三顺父母要去外地定居打工，担心三顺留在陆石桥没人管教，恐怕影响中考，狠狠心索性办了转校手续。

一场具有纪念意义的野餐，就那么泡了汤。

事隔多年，六生依然记得那个阳光明媚的清晨，从教室前门冲出的自己风风火火朝三顺家狂奔。

只可惜晚了一步，跟电视里上演的桥段那般，六生赶到三顺家时，只剩空落落的墙壁，和拍打着院门的冷风。

白墙无字，院门口的黑色塑料袋却清晰可见，那盒双响擦炮压在上面。

……

咻！

粉笔头正中六生脑壳，班主任吼道，逃课把魂丢路上了是吧，六生恍过神，刚要抖落衣袖间的灰尘，清脆声再度袭来。

簇！

乌漆麻黑的课桌里，躺着断成两截的粉笔。

六生耳朵响起轰鸣，啪啪，两声。

双响炮，在空旷的河滩上，炸出的应该就是这种脆响吧。

◀ 相见欢

远水不解近渴。

吃过半片扇馍的二佳还是肚饿。

多喝些水，把面在胃里发开就好了！六生打趣道，这可是春画婆婆教的法子咧。

法子是好，要看用在何时。

放在吃不饱穿不暖的年头，确应如此，可处于顿顿不愁吃喝的当下，何至于此。

生怕我找你借钱买零嘴是吧。

二佳挥拳，在半空中洋洋洒洒转过一圈，终是雷声大雨点小，轻飘飘回落到六生肩头。

哥俩好。

关系瓷实着，属于有祸一起闯，茬起架来一道上的那种，陆石桥畔最横的娃娃莫过于他俩。

能有多狠？

和五爷隔岸唱过对台算吗，仅仅因为小卖部卖给二佳的蛋筒缺了小块脆皮，便坐在陆石桥对岸的河滩边骂了五爷一整天，闹得别人做不成生意。

买卖不成仁义尚在。

小孩家家不懂事，五爷吞吐着土匪烟特有的云雾，似乎多大的事摆在他面前都能云散烟消。

二佳回过神来，握紧的拳头已松为巴掌，掌心处不知何时放着两块大白兔奶糖。

稀物咧！

纯白包装纸上，蓝色线条勾勒而出的兔子稳居中央，红眼属点睛之笔，二佳接过端详，要知道这玩意儿过年才能吃到正版，用语文课本里的话讲，叫相见时难。

是以，每一口都要珍惜。

六生撕开糖纸，糯米糖衣的清香在风中飘扬，急不得，先以舌尖慢慢裹下糖衣，待糯米的黏腻在口中完全绽放后，再将正主放入舌苔上方。

莫嚼，慢慢咪的。

咪，陆石桥俚语，意作吮吸。

靠舌尖轻轻柔柔的接触，洁白无瑕的糖果方能以最为长久的方式留存，二佳照葫芦画瓢学了每三秒，实在耐不住美食的诱惑，大口咀嚼起来。

你啊你，跟电视里猪八戒吃人参果有什么区别。

随便咋说，看在大白兔的份上，咱不跟你计较。二佳说完才晓后悔，两块奶糖不知不觉间便没了香踪。

回头望去，坐在水车旁的六生光起脚丫，腮帮子一鼓一合，面庞上皆是唇齿生津的甜意。

再来点？

六生抽出空空如也的裤兜，半点也没剩，让你慢些品味，当我开玩笑咧。

踩在河畔的脚丫生出片片水花，溅得二佳满身都是。

哪还顾得上糖果，穿起鞋子就朝前奔去。

桃李春风浑过了，留得桑榆残照，时光如水，曾在夕阳下一同招摇过市的躯体，留在河面的反光中早已形单影只。

多久没见二佳？

摊开手，一个巴掌数不清的年头，大学毕业后，六生回到陆石桥畔，按部就班过着家里安排好的人生轨迹，日子说来光鲜，却也向往天南海北。

外面的世界很精彩。

学生时代最爱的歌谣中曾如是唱过。

外面的世界很无奈，只记得前半句歌词的六生，自然无法代入二佳的遭遇。

每况愈下的生活，到最后只剩奔波，少年意气被岁月磨平了多少棱角，无人知晓，六生只记得与二佳重逢那日，站在街对面的自己朝车流汹涌处喊了两嗓子，他如同一只受了惊的狡兔。

仿佛喊的并非其姓名，而是电视剧时常上演的街头追捕。

无需多言，六生都能明了，二佳遇上了麻烦，且问题不小，记忆回溯至上小学时，俩人结伴带着竹竿去春画婆婆院子里敲李子，被发现后四散奔逃的情形犹在眼前。

唯一不同的是，小孩家捅了娄子有大人兜底，现如今自己都已长大成人。

再遇到困难，等同于无路可退。

夕阳西下，站在天桥上的六生目视车水马龙的远方，借余光偷瞄二佳的模样。

胖了，但并不意味日子过得好，重度压力会导致过劳肥，六生更愿意相信直觉的把控。

三百六十行，行行出状元，你就甘心待在省城啊？后半句话未说出口，他好奇向来乐观的二佳到底经历过什么。

山随平野尽，六生跟在二佳身后，从天桥穿过人潮，缓步走到城市边缘的森林公园，江入大荒流，环园区的江水不晓得与两千公里外的陆石河有无串联。

兄弟我混得不好，只能带你吃顿便饭。

公园旁的长椅上，六生接过二佳递来的肉夹馍，他一直无法理解这道陕西名食的命名，明明是馍夹肉。

错了，你双手握着它的时候不就是肉夹馍。

事隔经年，二佳依旧能看穿其心事，无愧于死党的爱称。

这么想着，儿时的快乐涌上心头，他跑去公园入口处买来两瓶饮料，再回首，长椅已空无人迹。

相见欢别亦难。

如此轻松地离去，或许他真不想碰见自己。

◀ **别亦难**
....

六点半天还没黑。

大片积雨云是天空的累赘。

左边那团特像老虎，右侧那片神似烛龙，四顺伸手，一派挥指方遒的模样。

搁这播天气预报呢。

划开手机的三梦，面庞被忽明忽暗的自动亮度整得宛如京剧脸谱，唱红脸还是白脸。

他不晓得。

他只清楚六点半天还没黑，躲在云层内的暴雨将至未至，严重影响俩人约饭的好心情。

要知道，胡祠堂巷的青石板街，一遇上暴雨青石板便会翘壳，人走过去跟扫雷游戏般，总要踩上滩泥水才算罢休。

崭板子的西裤咧！

崭板子，陆石桥俚语，意作崭新。

饭还没吃便沾染半裤脚泥，有点偷鸡不成蚀把米的味道，可来都来了，自不必拘泥上述细节。

成大事者不拘小节。千百年前的人都能明白的道理，亏你还受过高等教育咧，学富岂止五车，以 GT 来衡量存储的年代，咱们比古人博学。

别扯！

三梦一把拽开四顺的搂抱，怒道，莫扯上我。

没灌酒呢，怎么说不得三句话就飘，跟喝了五斤一样，有事谈事。

四顺闻言，一改其吊儿郎当的模样，满面严肃地说，他要去远方。

远方有多远？

莫名，学生时代偷藏在课桌下的一系列纸张泛黄的古龙小说复苏，谁知道呢，总不能待在陆石桥畔啃老吧。

过于安逸的老城生活，打开始便注定产生不了过高的薪资，买房购车娶妻生子，方方面面都是花钱的主儿，若真靠两点一线的工作，按部就班到何年何月才能攒够本。

是以，陆石桥畔大多子女皆靠老辈接济。

我不愿意！

打心底里就不能接受这种吸血的做法，自力更生，说到底不就是换个地方重新生活。

三梦听明白了个大概，死党四顺想去外地白手起家。

你搞清楚没，想和要是两码事，要代表付诸行动。

我早准备好了啊，不然不会喊你出来喝这顿壮行酒。四顺大手一挥，同武侠小说里的威猛豪侠般，似乎要从手中射出掌心雷来。

对酒当歌人生几何，半辈子望到头去不过短短数载光景，窝在陆石桥畔，兄弟我不甘心，明早七点的火车，走人。

言多则必失。

三梦赶紧掐住其话头，将四顺从滩涂地拉回至岸边，果腹之欲乃消费主义的陷阱，只会阻碍我们进步。

边走边聊，三梦换着花样想替四顺省点。

照他性子，坐进饭馆就要点一大桌子菜，吃不吃得完另说，整得钱跟大风刮来似的，出远门没点银子傍身怎行。

一推一搡间，二人来到胡祠堂巷尾处的烧烤摊点，可劲点，今晚我请客！

三梦抢先放话。

说出去的话如泼出去的水，落地即生根，不得反驳。

羊腰子，五花肉，湿辣牛肉，给干锅千叶豆腐铺底的是本地洋葱，酒精锅点燃没多久，四顺说去趟厕所，紧随其后的三梦特地交代前台店员不得收银。

串都是十串起步，等待上菜的前夕，他蓦地想起高中和四顺互为差生的岁月，俩人结伴翻墙去紧邻学校的炸串摊宵夜，只敢点素菜根本碰不起荤腥。

全靠主食饱肚子。如今倒是实现了饮食自由，却总觉得不比上学时快活，可能这就是书里写的所谓生活吧。

无论如何，日子总得朝前过。

三梦将刚端上桌的烤串调转个方向，以便签子放在俩人都能轻松拿到的位置。

何时变得如此客套？

他不晓得，或许人长大就会在意对方情绪，顾虑越多丢失的感情越多。

多吃点，套用五爷的话说，吃饱不想家。

外边的烧烤可没咱陆石桥畔实在哦，看着串数多，只挂一丁点儿肉，谁的牙缝都塞不住。

几番推杯换盏后，隔着冒泡的酒精锅，颇有些上头的三梦眼中浮现出旧时光景，曾几何时青青就坐在这里，说着要出去闯荡一番的豪言壮语，她俩会有大大的房子，周末结伴去逛美术馆，过纯粹的小资生活。

要不别去了，在老城过过安稳日子不是挺好的，我已经失去前任，不想再弄丢你这老友。

话很有些矫情，不像三梦嘴里能讲出来的，是以他犹豫再三，仍将其塞回喉头。

喉结上下蠕动，三梦拼命朝四顺杯中倒酒，终如期所盼，成功放倒这家伙，能够完美错过明早去临省的火车。

能拖一天是一天。

别亦难，相见更难。

离开等同于走散，两地分隔，三梦害怕会加速彼此关系淡薄的进程。

◀ 飞碟说
·····················

三九天路滑，抛锚只在刹那。

彩星连踩三脚油门，还是没能斗过跟前的暴雪。

熄火，下车，白茫茫的河畔尽收眼底，前不着村后不着店，卡这算哪门子事，从里兜翻出最后一根土匪烟，费半天劲才点燃。

风大雪大，估摸此刻气温得有零下十几度。

说不后悔是假话，不听老婆言吃亏在眼前，昨晚装车离开陆石桥前老婆还交代过天气预报说有暴雪预警，把油加满，安防滑链。

种种絮叨，于说走就走的他而言，均成耳旁风。

半口烟噎到喉头呛出两颗豆大的眼泪，转眼间被冬雪覆盖，烟抽完方想起给人打电话。

脑子都被冻傻了，真要命。

要命的又岂止严寒，彩星掐灭烟头朝轮毂走去，蹲下身来发觉底盘已遍布坚冰。

当务之急是离开此地。

丢出的烟蒂转眼被风雪覆盖，跟自己被极端气候包围没什么两样，他莫名想起儿子痴迷的那款名为吃鸡的手机游戏，一群人在逐渐缩小的场域内，端着各式武器相互厮杀。

活下来的最后一名玩家获得胜利。

万幸，彩星还没到山穷水尽的地步，翻开后备厢，因年关将近而准备的水果零食满满当当，生存不存在问题。

恰恰是年关，谁愿意在这荒无人烟的坡道度过漫长的夜晚。

想到这儿，彩星结结实实打了个寒战，除开风雪，脑海中频繁响起的声音是此地不宜久留。

拨通交警电话，对方告知从正午到现在，陆石桥方圆百里内因暴雪而抛锚打滑的车已不下两百多辆。

只能老老实实待在原地等候救援车辆，同胡祠堂巷每晚必须对号入座的火锅店没啥两样。

置身荒郊野岭，难不成等外星人开飞碟来拖车，有这想法就实属荒唐！

一念及此，肚皮跟着撒起泼来，叽里咕噜叫个不停，彩星划亮手机，19.00分，搁家中此时老婆刚刚解下围裙，就着新闻联播的背景音从厨房将四菜两汤端到桌上。

妻子的家常小炒可谓一绝，佐以半杯陆石桥陈酿，上下眼睫毛一合的工夫，前半生便在活色生香中度过。

咱这日子，跟神仙有得一拼。

现如今，嚷嚷着赛过活神仙的彩星，却是扎扎实实陷落在尘世的烦琐里，细若牛毛的烦心事泥沼般偷偷把他往底下拽，全家老小重担扛在肩头，那是牵一发而动全身的困顿。

用时下年轻人挂在嘴边的话讲叫戴着镣铐跳舞。

所幸彩星从事的工作异于旁人，卡车司机再怎么说也比按部就班强，几十年如一日的枯燥想想便可怕。

学生时代起就喜欢冒险的彩星，骨子里耐不住寂寞，更为贴切地说是对新鲜事物过分着迷，外星人、百慕达、山海经异兽，杂物柜角落旁堆积成山的各类科学探索画报即为最佳佐证。

这爱好是否间接影响了人生？

站在母亲角度是存在关联的，知子莫若母，彩星初二开始痴迷 UFO 后，成绩就断崖式下滑，再没有回转时刻。

研究些杂七杂八的东西有什么用啊，外星人能帮你门门课满分，顺利升入名校吗！多说无益，母亲随手翻阅过他拿零花钱买的科幻杂志，扉页介绍的那群金发碧眼 UFO 狂热研究者，生命无一例外都遭到了诅咒。

越疯魔往往越落魄，趁儿子出门间隙，她不止一次扔掉画着外星飞船的毒草，彩星却总能将这些破烂挨个寻回。

确实有探索的天赋。

儿大不由娘，索性任其自然生长，只要你不犯法不碰毒品，爱咋咋地。

如释重负的彩星，毕业进入职场半年便光速离职，年纪轻轻的他脚踩油门驶向全国各地。

高山流水怪石林立，层岩叠嶂别有洞天，那些科普画报中再一再二提起的名词，纷纷从纸上跃出，成为一幕幕实实在在的构图。

手握方向盘的他常常望向窗外失神，车过盘山公路，鬼斧神工般的构造，叫人忍不住张大嘴巴，若非得在客户指定时间内抵达，他恨不得安营扎寨于此，坐看重围，瞧瞧大自然中是否暗藏地外文明及山精鬼魅。

神经！

敷着面膜的老婆总叨他有病，时日渐长彩星甚至觉得自己娶的并非老婆而是妈，没完没了的埋怨是他出车愈发频繁的原动力。

早知如此何必当初，外面的世界那么精彩，干脆就别跟我领结婚证。

引擎轰鸣，老婆昨晚站在楼道前扔出的话如在耳畔，出去就别再回来！

是以，彩星才不愿向她低头，扪心自问人生字典里没有认错二字。

夜凉如水，窝在驾驶室的他又看了眼所剩无几的油表，盘算开空调能坚持多久，不开空调自己又能熬到什么地步。

真可谓拔剑四顾心茫然。

进退两难之际，彩星忽然听见窗外传来轰隆巨响，循声遥望，隐约看见形似圆盘的发光体于半空中朝野地边窜去。

飞碟？

满腔热血的彩星下意识踩了脚油门想追上，却忘了前方就是河水。

扑通，河面被砸开一汪大洞。

出去就别再回来！老婆的诅咒已然应验。

于彩星而言，他只晓得飞碟近在眼前。

◀ 少年游

胡祠堂巷出人意料的堵。哪怕你轻车熟路，照样得玩原地踏步。

手握方向盘的江海抬腕看表，顺势加大力道按了两下喇叭，前方车流依旧不为所动。

邪乎得很，我在陆石桥畔过了二十来年还没见过这情形咧。

堵车，于慢节奏著称的老城而言，可谓天方夜谭。

当奇观确确实实发生在面前，又不得不相信眼中所见，是以江海赶紧让坐在后排的六生看看朋友圈，难不成谁家商铺开业，剪彩仪式请了明星助阵？

这是江海脑子涌起的第一个念头，亦是最为完美的解释。

但六生滑动屏幕的手，分分钟破除掉那构想。

巴掌大点地方的陆石桥两岸，真要来啥大咖早就传到街头巷尾，还需要在朋友圈里费尽心力地翻找？

可真是奇了怪。

变道，加塞，叫骂声自前方一浪一浪传来，极速飞驰的年代，容不下半点迟疑与停顿。

一停就会破防，生出各种未可言说的情绪。

好比机器，正常运转时根本发现不了问题。

六生倒是不急，本就下班的他坐在死党江海的新车里，面庞上洋溢着一种名叫享受的喜悦。

能不快乐嘛，好兄弟驱车带你兜风，只待夜幕降临，找个依山傍水的馆子喝点小酒，别提多惬意。

莫这么说。

六生对着视频那头的女友连连摆手，您老人家是没看见我在上司面前当狗，累死累活还挨骂的糗样，我要再不换换气，迟早得因缺氧而窒息。

当自己金鱼啊！

咚的一声，女友的大头消失在屏幕里，对方已挂断，简简单单六个字，背后藏起多少情绪，六生不得而知。

同床都会生出异梦，在这个知人知面不知心的年代，爱情并不意味着两颗心的相互牵引，顶多算绑定。

大道理一套套，不照样怕你对象。

江海抽空看了眼后视镜，六生这家伙正忙着发红包道歉求原谅呢。

死要面子活受罪的主。

跟六生不同，尽管兄弟俩打小舔一根棒棒糖长大，江海却是个定盘心强的孩子，坐在杂货店的五爷望着二人招摇过市的身影，总好奇这两活宝咋能玩到一块去。

定盘心，陆石桥俚语，意为沉着冷静。

可能是互补吧，六生爱折腾。

江海笑道，性子里缺啥补啥。

彼时，陆石河两岸马路尚未彻底打通，往来交通远不及现下方便，去哪里都纯靠两条腿。

折腾来折腾去，苦的是自己。

正如此刻被安全带束缚在驾驶位的江海，浑身上下动弹不得。

方向盘都按麻木了，拥堵的车流仍挥之不散，呈水泄不通之势。

如何是好？

摆在面前的大快朵颐逐渐被豪华版的问号所替代，烦恼接踵而至，来的时候往往不会形单影只，一心求稳的江海索性从裤兜掏出手机，准备给新开的农家乐小馆发出退订的消息。

慌啥！

单位人都去打过卡了，我可是好容易才逮到机会，你不吃也考虑下兄弟啊，为我放肆一把不行吗？

坐在后排的六生躬身向前，手臂在半空中画出一道圆弧，成功打掉江海停在发送按钮上的大拇指。

得，看你撑到几时，想吃自己开车。

江海连人带手机移往副驾驶，对着挡风玻璃吹起口哨，离新闻联播放送还剩半个钟头，能在一片繁荣的播报声前吃上口热乎的饭菜么。

不得而知。

这令江海感到烦闷。

我们都行进在确信无疑的轨迹中，但凡遭遇未知，恐惧与不安就会在心底孪生并蒂，通俗点讲，按部就班的生活已沦为多数人终其一生的宿命。

所谓宿命，在于不可逆，唯有双手合十接过。还得虔诚无比。

少扯些东的西的！

六生才不管是否能在新闻联播前吃上饭，饭顿顿都能吃，生活已足够枯燥，总要找点新鲜事犒劳自己。

恰如此刻，他心里快活着，多久没见过陆石桥畔的夕阳，落霞之下你追我赶的身影，孩童手中紧握的彩色风车，暗生情愫的学生在校服背面拿马克笔偷偷写下对方的名字。

欲买桂花同载酒，时光清浅，如能就此静止于其间该多好。

后半句终不似少年游的感慨尚未出口，窗外忽然传来物体碎裂的脆响，待六生回过神才发觉，脚尖不知何时踩上油门，已成功和前方车尾拥吻。

轻车熟路还能出车祸，你小子神游八极啊。

坐在交警大队办公室前的江海扒拉着盒饭，恨铁不成钢地冲六生吼道。

◀ 安　神

孩子一哭，剃头匠的手便抖了起来。

剃头匠有个好听的名字，细明。

细，方言里小的意思，叫来顺口，陆石河边比细明辈分小的人，估计比河里浪花还多。

细明细明，不年轻了。

之前一天还能剃上三十号人咧，他端着茶碗，从前的事在眉宇间行走，似乎一停下就变成了皱纹。

手掌心上也有。

细明示意道，将手心摊开，果如其所言，阳光照射下能够清晰地看见手掌上的皱纹。

以及经年劳形于案牍的角质。

老辈人常说几个螺纹富来着？他调笑道，从脸盆架上取出毛巾，一片已经洗得发白的毛巾，轻轻揩下自己的汗。

汗从额角流出。

用时下年轻人的视角来看，细明的发际线正面临濒危，顺其手指方向望去，店里铺陈亦皆处于陈旧状态。

一路货色，比后巷那批人强不来多少。

他们唯一的共同点可能就是人气了，人气即生意，老城人质朴，言语里不爱沾染俗气为多年墨守的习惯。

暂不论属精华或糟粕。

习惯这东西，讲不清的，正如眼下，细明屋子里排座的人们，围着一个简易的煤炉子，炉膛都坏掉了，里面塞着零散的柴火。

时近深冬，柴火经过燃烧后散出好闻的木香。

稍微让让！细明拎着一大壶水走过来，水呈匀速晃荡，十年前可不这样，猫着身子躲在炉边烤火的人插嘴，还有多久到我？

问了也白问，常来细明家剃头的老主顾们都晓得，他性子慢，打个不恰当比喻，如煤炉上坐很久才能冒出热气的温水，

细明总说，剃头这事儿，急不得。

得先洗面，取煤炉上将开未开的热水，倒入旧时搪瓷盆中，客人面朝下，在细明轻柔的手法里进入一种缓和状态，到这，人身心基本上就放松了，取毛巾，擦拭干净。

开始剃头。

插上电的剃刀没有手推子好用，但为了应付店里的主顾，多数都赶着时间，只得作罢，只有真正从过去走来的人才晓得手推子的好处，可又能怎样？

它不还是四平八稳躺在细明的木盒里……

细明感叹一声，手上动作便放慢了些，似是回忆起来往昔岁月里的声音——只属于手推子的声音，干净且安静。

现如今,谁在乎!电推子在客人头皮上爬来爬去,反反复复地摩擦出自己的步伐,围坐在火炉边的人聊着最近发生的闲事,面庞给炉火衬出色泽,人活一世图不就是个面子,大家之所以愿意等待,莫过于离不开那两个字。

手艺。他们信细明的手艺,你能拿他们有什么法子,看看人家把刚出生的小孩儿都带到这儿来剃头,再瞧瞧屋子里的摆设,陈旧到不像是个完整的屋子了。

搞不懂。

是呀,和新开的那些理发店门外五光十色环形柱相比,着实没有什么可比性。

况且这一片都算危房咧,墙角的裂缝,横梁的不平衡,倾斜的地基,实地勘察下来,问题比想象中还要多。

不是列入不列入的范畴了,必须得拆!和后巷那批人一起……

前头说过,老城中,如细明般的人仍有许多,作为旧城改造的负责单位,经过数次讨论,本着多数服从少数的意愿,得要彻底拆迁的,这也是六生带队先后五次拜访细明的原因所在。

毕竟,近几年雨季持续得越来越久,据天文台讲台风也在增多,位于沿海地带的老城更需做好防范。

得让大伙安神。

先安神,才能让百姓安生!

一个念头从六生脑中火速闪过,倒不如放弃之前的方案吧,面对大家眼睛里渐生的疑窦,六生说道。

放弃不意味着让危楼继续存在，条条大路通罗马，细明以及后巷的老师傅们并不是没有价值的存在，你们都看见了，他们人气依然很旺，我们要着手做的，是将这把火再烧起来，烧得猛烈些。

不如，将他们聚起来，做条老手艺街？网上这样的创意街可时兴咧！

一念及此，六生带领着小组成员大步流星地从细明店里走出，神奇的是，先前坐在皮椅上接受剃头的小孩子居然不哭闹了。

一脸安神相窝在皮椅子中。

水已烧开。伴随着壶水烧开的清脆声音，六生打出一个轻快的响指，好久没有如此自在的感受了。

身后，从盒中抽刀的细明神气十足，宛如电视剧里英气逼人的将军。

剃胎毛，急不得，得用手推子的！

◀ 味　重

牛叔家拉面，盐味偏重，一口下去便知咸鲜。

味重，坐落于老城车衣巷尾，酒香不怕巷子深，一样的道理落回到牛叔嘴里。

叼着土匪烟的嘴巴里，不怕，好我家这口的，都是老主顾，巷子深怕啥，就怕巷子浅咧！

深，才入民心！牛叔大口吮吸烟蒂，轻描淡写的面庞于晚霞里现出红光。

少来些人，乐得清闲。

乐得清闲的牛叔，生意之余，好侍弄陆石桥畔那丛只许观赏不让旁人碰的水仙。

水仙亭亭玉立，宝贝着咧，常有不懂事小孩路过，小手勾住父母，问河边怎么生出如此多蒜瓣。又白又嫩，佐以陆石河窜条子鱼，肯定超美味。

小孩家家净知道吃，讨打！

数段上述对话中衍生的情境，总若约定俗成般收场，嘴上念叨讨打的大人，手刚碰到孩子毛茸茸小脑袋瓜，便顺势转为抚摸。

有时，还不忘温柔地揉捏两下。

自二七巷走出，穿过陆石桥北口，置于桥心处，便能嗅到浓郁的水仙味道透转河风扑面而来。打过春气的水仙，亭亭玉立，较别处水仙不同，牛叔家水仙，栽种于河畔滩涂地，与自家菜地毗邻而生。

是以过路小孩常误认为蒜，不稀奇。

而水仙的生长环境简单，阳光，适宜的温度与水分，三者齐活就行，其余时间，静待花开即可。

水仙有让人宁静下来的禅理，特别在花骨朵半开不开之时，牛叔年轻时倒不爱这玩意儿，他只觉所有花朵娇生惯养，自己性子毛毛躁躁咧，还养花。

谁来侍弄我哟。

牛叔说着，鼻孔因喘气而鼓起，不大的额头上布满三字形皱纹，少年老气，大致便是他这类人。

抽一根？五爷掏出土匪烟，老小子，快歇歇吧，看你弄得满身臭汗。

这夏天，一年热过一年。牛叔腾出手来，接过烟把，大口吞吐起来。烟雾缭绕，旧时光景于蝉鸣清风中轻轻浮现，时间说长也长，说短也短。水中仙子来何处，翠袖宦官白玉英，牛叔心爱的水仙花盛开复又凋零，日子就这么流淌，一碗碗面条由漏勺下进碗里，一张张笑脸置于碗后，味重到热汗横流。

还准备开几年，老小子真拿自己当后生年纪拼？陆石桥畔，掰开指头数，老字号的店不多，街坊们虽嘴上一口一个牛叔，但牛叔年纪远不止叔这辈分能压得住，说起来，他也就比五爷小三个年头。

以味儿重著称的拉面店，一碗一碗氤氲而生，已与牛叔自身年纪相平行。

盐味上重，福气上薄，胃口重，心思也不会轻，凡事如此，生活步履不停，互相拉扯中生出微妙的平衡。

有人说，牛叔是老城的平衡轴。并非没有道理可言，单拿饮食来讲，谁能拍胸脯保证自己的手艺人人都爱，柴米油盐酱醋茶，各色风味对应不同地域及人群，才有众口难调一词。

这些年过去，牛叔以味儿重著称的拉面店，反而愈发兴盛，常有邻镇食客前来打卡。

一碗面的出锅，背后要经历数层打磨，面粉取材于老城乡里自种小麦，面粉佐以老曲子发酵醒开，适宜的蓬松，纯手工拉直，保持面条独特的筋道爽滑。最后落入青花海碗，化作成为街坊口中那句劲而不糙的赞言。

咸些，面条鲜味更浓。味儿重，都是苦日子过来的人。儿时来客，家中调和不出五味，连口盐巴也得跑到邻居家借，有借有还，日子于再借不难中悄然行进，逐渐滋润美好起来。

老辈人，仍难舍掉盐口重的毛病。

味重之人，必然福薄。

牛叔孤家寡人半辈子便是最佳佐证，五爷将手头烟把掐灭，弯腰扔到身旁垃圾桶中，夕阳西下，烟雾弥漫的样子像极了经久不散的叹息，笼罩于陆石桥北口前。

自北望去，对岸南口处，车衣巷宛如一节褪色积木，坐落于正待新建的老城版图中，格格不入。

牛叔味重，执拗得很。

不急，先观望观望。嘴上说不急的五爷，打发走老城拆迁办主任后辈六生后，却着实捏了把汗，他能想到拆迁组去协商时，牛叔喘着粗气的鼻孔，以及紧蹙的三字形额头。

越想越不知如何开口，向来大咧咧惯的五爷头一回没胆子去找牛叔商量，去而往返，缩在陆石桥北口自家庭院中。

拖到临近拆迁的日子，五爷去时，却远超其意料之外。

车衣巷尾，大小旧商铺错落有致，却唯独缺了牛叔家拉面的咸鲜味道，推开熟悉的门脸，映入五爷眼帘的，竟是后生仔六生。

而牛叔喘着粗气的身影，正于屋内收敛锅碗瓢盆。这——这是？这你小子就不懂了吧，牛叔接过话。咱积极响应国家政策号召，带头支持老城新建，跟六生讲好了，车衣巷翻新后的四时公园里，专门留块水地，继续种我那水仙。

可还行？牛叔讲着，喘着粗气的三字形面庞上，满脸傲娇劲儿接过五爷的土匪烟，大口吞吐起来。

嘿嘿，谁说味重之人就必然福薄，那是咱一门心思为众，想把福气全给散播出去，都是苦过来的，谁不想日子越变越好撒，等公园建成，你们这些老主顾别忘了光顾老牛家新拉面店。

开业折扣，记得都来啊，保管四时如故，面条爽滑咸鲜。来的人，我再额外送你一盆水仙！

◀ 安　生

孜然，蒜末，小米辣。

蚝油，白糖，香葱切成碎花。

熬制秘方酱料，朝炉槽中均匀加入炭块，持蒲扇重重挥舞，不多不少正好三下，火舌腾地蹿起，汗滴进炉槽，发出扑哧扑哧的叫苦声。

烟熏人眼。

熏得江海抄起毛巾的手抬起复又放下，最终将沾满汗渍和油烟的白里透黄毛巾紧紧攥在掌心，转过身去，要签子的工夫把阿笙抽空训了一顿。

哪买的炭？

依你吩咐，陆石河对岸胡祠堂巷尾撒，还能哪里？学徒阿笙递过竹签，各忙各的俩人没打照面。

胡说，好木炭烧出来成这样，当我瞎？

江海手执竹签，对着待要升起的月儿，一根根串起，炉火微澜，此时街边人声渐浓，墙上挂钟撞过六下，已至下班晚高峰。

天边，月隐在云里，不时得见其清浅身影，显然，碗一样大盛着乳白色鱼汤的月亮，没能借到太阳公公的光。

要我说，今晚天气有变。

那照你意思，干脆别出摊，回家躺着万事大吉对不？

有道理！阿笙吐出舌尖，朝里屋奔去，早预料到脑门有一打，借取尼龙雨布的名头，匆忙避开，尽管师父出手的形式大于内容。

我可不小了，还一天到晚被说性子皮！思索再三，埋怨终未出口，随喉结滚落回肚子里，憋出阿笙满脸闷气。

都是人，都要面子的。

闷声不响撑开坐落于门脸外的凉棚支架，搭上尼龙雨布，简易的烧烤摊儿现出雏形，待过会人潮攒动，涌到雨布前头，够他忙一壶的。

该！

阿笙串一把签子就朝炉槽偷瞥上两眼，热气氤氲，冒在师父的额头上，散作滴滴汗珠，做学徒已有三年，想当初刚来老城时，他可不是这么承诺的。

什么两年就能出徒，简直是满嘴胡言。

不是什么事都能被时间磨合好的，久之师徒间便生了嫌隙，三年又三年，空口无凭的承诺等同于炉槽边燃放的炭火，风一吹就散，留下遍地飞灰。

大不该听家里人介绍前来打工学艺，这年头工作得自己找才安生。

许是心头装事太多，竹签不偏不倚扎在阿笙右手食指处，所幸档口活路正忙，师父自顾不暇，没曾发觉。

不然，又挨顿臭骂。

如他喋喋不休挂在嘴边的念叨般。

烧烤，最重要讲究个鲜，张大爷清早河边收起的鱼虾篓子，李婆下堰塘深一脚浅一脚踩出的莲藕，以及木炭，别看同食材无关，干柴烧制出的炭块，确实没工业炭生火来得快，但它烧出的味道，有股木材原始的清香，与烧烤的鲜相成相辅，老主顾能咂出味来，烤到酥麻兼带点点焦煳方为上品。

都是学问。

典型的和尚念经，有口无心，半句关于秘制酱料的话都没讲，怕教会徒弟饿死师父？

切，少给人玩虚头巴脑的。

心里杂乱着，手头活路却有条不紊往下行进，给每张支开的折叠桌上摆放好烧至滚烫的三皮罐茶水，一天辛苦自此开始，阿笙负责写单子配菜，江海上手烤。

末了，撒上葱花提鲜。

时间就这么日复一日过去，如同小时候散落在抽屉里，那些舍不得吃掉，过期化作泥浆的糖果，进入冬天复又在包装纸内凝固成形，等待某天再度见到阳光。

人越大，越喜欢站在对立面看问题，从中生出的怨气就叫脾气。

对待烧烤，江海明显发觉，徒弟近来愈发不上心，经常找机会溜出去，像是在和谁谈事。

难不成，他也晓得老城改造的事？

姜果然是老的辣，江海一猜一个准，就在刚刚，因为征地的问题，他跟拆迁办负责规划的六生，在桥边大吵一架。

就不能给我们老辈人留块门脸过点安生日子？咱早就过了推倒重来的年纪，经不起瞎折腾。

回到摊位，阿笙的不见踪影，愈发证实了江海的判断。

隔日，阿笙居然带着六生一道回来，江海大手摆晃，说什么我都不会搬走，不信你们敢硬来。

却不料二人根本没理会他，径自走过，在烧烤摊旁支起卖三皮罐茶叶的流动摊。

打不过就加入？没来由的，江海想起之前阿笙他们年轻人开玩笑时总说的话，徒弟像是看中了他的心思，接上未曾出口的话头，师父，咱可不是加入，确切点叫加盟。

加盟？

对啊，老街翻新后，您老人家还是安生忙烧烤，阿笙出来单干，以加盟的名义，将老少咸宜的夜市三皮罐茶叶，打造成品牌，以烧烤伴侣的计划捆绑推出，绝不抢烧烤生意，您意下如何？

还意下如何？江海撇撇嘴，不怎么样。

傻小子，以为我真怕你出去抢生意，别人总说什么教会徒弟饿死师父的，我才不信，晓得拆迁为啥一直没松口，无非想多争取点还迁门面，给你接班时好大干一场，也对得起你妈的嘱托。

真的？

难不成是煮的，师父我，大半辈子可只会一门手艺——烤的。

之前无非想熬实你那皮性，往后想做啥做啥，师父给你打下手。

阿笙闻言心头一抖。

抽空回去看看你妈，寡老一个，有你回去她的心才安生。江海说着，敲敲阿笙脑门，这回是换他朝徒弟递东西。

不是竹签，六生瞧得清楚，一枚创可贴，明晃晃的宛若天边弦月。

◀ 头 福
....

　　小康家磨坊，是陆石桥最早闹出声响的。

　　灯火亮起时，微蒙蒙亮的陆石河畔，刚唱过半重鸡啼。

　　雄鸡一唱天下白，到第三重叫声响起，方天光渐明，不急。

　　嘴上念不急，手却分明巴在磨盘上，给胶水粘住似的。秋月解开麻绳，朝磨洞倒去，灯火交相辉映，黄豆随左右摇晃的光源，现出不同于往日的浓郁色彩，成群汇入磨盘。

　　那模样，好似春运高峰期客运站口，前排搡后排，后排贴前身，满心喜悦与期盼。

　　同样的喜悦隐于小康惺忪睡眼下，黄豆入磨的刹那，他便打足十二分精神，眼里闪烁的光亮，不逊灶上灯火。

　　和天上的星星比咧？秋月没来由想到这，眼神便飘向远处黢黑夜空，陆石河畔，早起的人打灯朝西街涌去，嫁来没多久的她知道，菜贩子赶着卸货。

　　水灵灵的蔬果下罩着一车车被命名为披星戴月的奔忙，夜，跟人没太多分别，胆小得很，赶着赶着就让人吓跑，泄了气，天边豁开口子，照射出置身已久的光芒。

　　又编童话，嘴馋香椿就直说。

没啊，秋月娇嗔道，小时候家婆给我讲的。

家婆没教你着火么？小康俯身，火钳伸入磨旁炉灶，灶洞口火没窜多旺相，烟倒生得茂盛，人要忠心，火要空心晓得不。

多余柴火退出灶洞口，膛内以井字状架起，掏空草木灰，火才有地方燃烧，我的宝贝憨包。

小康左手没闲，趁秋月不注意，朝鼻尖刮去。俩人处对象时常玩的把戏之一。

待真正嫁过来秋月才晓得，小康并非往日大伙看到的那般贪玩好动，同自己一样，他也有颗定盘星，而佐证其定力的最佳方式，莫过于每日凌晨灶台旁映上墙根的影子，相视无言却又胜过万语千言，话都攥在手心，归于一颦一笑的厚重里，小小的石磨，推出岁月轮转的痕迹。

碾完的豆子盛锅中温水浸泡，豆瓣泡透发开上水入磨，一圈圈磨，成糨糊状加以热水稀释，舀进白布反复揉搓，分离出豆渣，大火煮开后点上卤水，倒入模具，此时的豆腐脑挤出水分，便成为合格的豆腐块。

点卤水容易，掌握时机就好，做了这么多年豆腐，小康家磨坊也算陆石桥畔一块老字号招牌。做手艺人容易，做人却难，确切点说，做合格的父母难。

女儿小然从单位传来的消息不大让家里省心。

是以点起卤来本该得心应手的小康，今早的豆腐竟全没凝住，嘴上不急的他，手头动作分明快了不少。

五十知天命，莫非手艺这碗饭真的吃到了头。

两码事，主要小然那头牵动你的心。

两码事，不代表不能放一块谈。

若非家族病遗传基因作祟，小然她妈也不至于得癌症，秋月要健在，家里情况肯定比现在好，你说是不？

石磨自然不能开口，权当作对小康话语的默认。

打上大学，小然就如同断线风筝，如今毕业近四年，工作磕磕绊绊，总问家里要钱，年前发微信讲找到个好单位，跟谁都推心置腹不留心眼的女儿，中了职场攻心的计，旁人错失盖在她头上，一番李戴张冠，毫无征兆的炒掉鱿鱼，没有解释余地。

得亏街道办主任六生今晨告诉自己方才知晓，望向竹匾里稀碎的豆腐，一颗心跟着泛起酸涩，女儿嘴硬，不愿过多解释的她让做爸的误以为其在单位不学无术，犯了偷懒的毛病，一番争吵，小然摔门而去。

好容易回趟家，吵什么架，还说女儿回来啃老，全怪自己没控制好。

一念及此，前脚关上的院门伴随思绪启开，抬首，是最近特不招人待见，充当街道办说客的五爷，正挨家挨户鼓动街坊签拆迁合同。

咱家豆腐你可没少吃，老了老了咋做起缺德事，谈合同的话，五爷您自便。

谁谈合同。

院门应声大开，五爷身后，老城治安管理队团团围住的居然是浑身湿透的小然。

咋，学电视剧搞人身威胁？

小然学电视剧跳河差不多，正巧给咱巡逻碰上，好险。

险个鬼哦五大爷，能给个解释的机会不，我去对岸新开建行取钱路上，站河边拿手机算账在，地滑没站稳而已。

钱？

是啊，这些年老爸你汇的款，一分不少全放卡里存着，五十出头了，什么事都得听天由命，安享晚年吧，省得脾气那么冲。

听天由命？怕是还早！

五爷说着，就势摊开图纸，拆迁后磨石路得在对岸西街重建，你爸这纯手工石磨豆腐可谓一绝，属还建重点项目，不能断。

真的？

五爷没时间说谎。

那老爸，您的晚年还得往后延延才能安享，这钱，暂时归我使用。

又鼓捣啥。

开网店，取谐音，就叫头福豆腐，专卖咱家卤水豆腐撒，纯手工石磨制作，主推小众市场，头头是福，多棒的商机，等线上同步完，西街正式开店，您这退休金怕不止养老那么简单，指不定能翻几番飞马尔代夫度假。

切，马什么夫，不去，听名儿都不如咱陆石河气派，先把中饭解决再说，多吃点砂锅豆腐，补心眼。

院内方桌上，盘盘叠放的同心圆中央溢出阵阵鲜香，谷雨后抽芽的第一丛香椿，掺豆渣清炒，胜过万千美味，她娘俩的最爱。

慢慢吃，不急。

◀ 打　枝

．．．．．．．．．．．．．．．．．．．

遇见初雪，通常在老家院子里。

雪皑皑，压过柿树枝干，不疾不徐落上地头田间，于无声处，把正午吓成了黄昏。

抬头时，往往天色已见阴沉，放眼望去，远处竹林是最早给压弯身躯的那批。

同婆婆一样，挺不直身板。

婆婆，陆石桥方言里奶奶的意思。

此时的她，正忙于手头活计，朝灶台内膛添加柴禾，那些不久前探身而入的柴火，头尾冒出阵阵好闻的青烟，袅袅散出灶膛，爬到人脸上，发出噼里啪啦的声响。

响声清脆，好似一群调皮的孩子拍着巴掌要糖吃。

婆婆从不理会它们，抄起火钳便往里捅，每次都这样火急火燎，温吞的人成不来气候，麻利点，甩开火钳的她甩不掉阵阵絮叨。

气候？

我如梦方醒般趴在厨房边小小的窗户上朝院落望去，才惊觉屋外早已变天。

鹅毛团样的雪片盖住水井，遥看天边，待不及我张嘴去接，漫天白雪便扑面而来。

别吃雪，脏！

雪那么白，化开的水咋会脏？我可不信婆婆的话，捡起团雪就朝嘴里塞。

不听老人言，吃亏在眼前。

倚老卖老罢了。

你今儿别想往外跑！

我吐出舌头，拿电视里的话反击回去，紧捏住手中物什，死死盯着被婆婆打上反锁的院门，毋庸置疑，这场因雪而起的战役婆婆惨败，可吞食恶果的家伙却成了胜利一方的我。

雪，断断续续下了一夜，它落得有几密集，我去厕所的次数就有多密集。

末了，佯装无事的我，冻到发抖的双手已接不住婆婆后半夜加紧熬制的姜汤，更别提握筷子。

实践出真知，更出教训的我，改不掉与婆婆斗嘴的脾性。

以手艺人居称的婆婆，嘴皮子方面居然敌不过黄口小儿的三寸不烂之舌。

冬日，雪花铺上麦地，田垄间掺杂着青绿与无垠的白，寒风止不住呜咽，于屋外肆虐，窗内却是一片静谧，拉开灯绳的婆婆，揭起锅盖，大火升腾出滚滚蒸汽。

走开先，招呼烫到！

婆婆嘴皮子虽不敌我，手头工夫还得竖起大拇指承认，将锅盖置于案板，蔑刷在锅里不断翻搅绕圈，直至嗅到米饭的糊香气，方算告一段落，挽下袖头，动作行云流水般娴熟。

灶膛边上，等待已久的竹枝早被我捏成灯笼的模样。

看都看会了，年年做，能不熟么，秉承旧历风俗，陆石桥两岸一直有挂灯笼的习惯，婆婆，则是四方邻里公认的一把好手。

灯笼的寓意可多咧，婆婆说着，自锅中盛起米糊，将备好的宣纸用大红色颜料水浸湿，染色后的纸张薄脆不实，需置于灶台上，给余温烘干，与此同时，拿出编织好的灯笼骨架，取蔑刷蘸米糊汤水，朝模架上轻轻柔柔的刷，两遍的工夫，宣纸业已透干。

学不来的是最后一步，怎么看都摸不会，婆婆的手如同变过戏法的云彩，化作一朵朵鹅毛团样的雪花飞往世界。

灯笼即为婆婆的全部世界，祈求新禧，大红灯笼凝聚着河流两岸一年到头来的淳朴愿景，那些踏破门槛的亲友，照现在话描述，该叫下单，其中滋味不言而喻，连我这般顽劣成性的家伙自始至终都未曾想过去打灯笼的主意，如若没有之后那件事情的发生……

时光飞逝，岁月的浪花抹平一度滞留心底的深渊。

岁末，许是水逆的缘故，远在外地工作的我，净遇上些糟心事，无心处理面前堆积成山的杂乱琐事，日日盼着归家，舔舐伤口。

没等我诉苦，倒先一步收到坐标老城的消息，父亲电话里说，姥姥染上风寒加剧体内湿气，在门口摔了一跤，导致偏瘫卧床，吊着口气，唤我速回。

仍旧晚了一步，归家时婆婆已不省人事。

咽气前，手一直指向门口的柿树。

柿树？

于往事翻找，才蓦然想起那年初雪，本计划好照电视上说的，以搪瓷缸注满糖水，插进半截筷子，翻过去就能边赏雪边品尝广告里的雪糕。

婆婆却锁上院门，不待我起床，便于次日凌晨，挥舞火钳打散掉余盈满枝的雪白。

甜梦双双落空，当年的黄口小儿也趁她出门的工夫，发起狠来，一股脑将灯笼模架丢入灶膛。

印象中，那是婆婆生平唯一一次发脾气，糊灯笼坐的小板凳给她砸在庭院中，掷地有声地心碎。

顺着往日时光的脉络，朝院外柿树走去，不多时，在父亲的帮手下，于树根起伏处挖出一团给尼龙布包得完好无损的搪瓷茶缸。

揭开，呼啸而至的北风掠过，漫开阵阵清浅的砂糖甜香。

杯心处，横有半截筷子。

多年前婆婆喂我姜汤那支。

身旁，父亲欲言又止。后来我才晓得，婆婆摔跤是为给柿树挂灯时够不到枝。

岁末，她常梦到在外工作的我。

不太顺心的梦，得用灯笼冲冲晦气，添些喜气。

挂上灯笼，即是指引归家的路，更寓意着团圆近在眼前。

◀ 宽　心

....

　　夏时日长，天光渐亮。

　　连日的阴雨，屋子里早已遍布陈腐的霉气，驼子婆婆起身，挥舞手上那支翠绿色鸡毛掸子，步履蹒跚。

　　绿，屋内为数不多的生机。

　　目光所及处，是木头与砖块的天下，紧靠墙壁摆放的储物柜年久失修，已然失去关合柜门的功能，柜门上的海报中，两幅中国娃的笑脸已打了皱。

　　仍能辨别出依稀可见的笑意。

　　物是人非，说不清是物把人衬老了，还是人自身踏入慢半拍的年纪，总之，行将就木是她们的共同归宿，想要再度焕发生机，难。

　　归宿？落脚倒更为贴合。

　　河岸人家讲究起落，陆石桥俚语中，起与落并不形容人生，往前数三代，谁家不是倚靠一叶扁舟过活。

　　一念及此，驼子婆婆手头那支鸡毛掸子，便顺势落在堂屋左前方边角处的四方桌上，它原本有个更为响亮的名字——八仙桌，在它曾为这一大家老小带来荣光的时候。

早年头，八仙桌的意义不单单是家具那么简单，是庄户人家的气势所在。

鸡毛掸子抬起，落下，驼子婆婆清楚记得，如果翻到底部，该有一处巴掌大小的暗痕。

小孙子贪玩所致，学着电视剧里的陈真，双节棍凌空乱舞，棍头砸上八仙桌的瞬间，老伴的脸瞬间变了颜色，驼子婆婆嫁到陆石桥，享了半辈子清福，除去年轻不懂事，挪动屋前稻场上的石碾，都没见过老伴发脾气。

难不成，八仙桌比石地神（旧时乡间认为石碾通神）还重要？

幸而，胡祠堂巷的世荣木匠路过，正好是饭点，取出墨斗，朝手头余下的半块木板弹去，正好巴掌大小，仿佛小孙子从未砸烂过桌角，是木头自然裂开。

不到半支烟工夫，墨斗收回木工箱子，除去亲手把八仙桌从邻镇拖回陆石河岸的老伴，外人断不能看出破损的痕迹，世荣靠的就是这点手艺吃饭。

放宽心！

世荣咂吧着那张吃百家饭的大嘴，推杯换盏间酒菜已残。

怠慢不得呢，那年月，大户人家的堂屋里才有张八仙桌的。

不动声色的桌子，以朱红油漆浇筑而成，四平八稳地嵌着一大家子人的脸面，更暗含许多不足为外人道的往事。

都说驼子婆婆该着享福，让她摊上个既主外又愿意主内的老伴。

单从吃上论，外孙子每逢暑假必拍着八仙桌叫绝的泡椒，地里酸爽的马齿苋，爬满架的红豇豆，绿扁豆，一碗又一碗的盐花生，永远都依靠驼子婆婆老伴，外孙子口中的外公，一趟趟由菜地挑回，扁担挑子两头重，毛竹做成的扁担颤悠悠地，陪伴陆石桥畔无数轮红日升起，发出吱呀作响的声音。

直到老伴过世，吱呀声才跟随收藏门后的毛竹扁担归于沉寂。

那时的驼子婆婆尚未知晓，让人难以释怀的并非往事，而是那些跟自己不怎么熟络的菜种。

前半生的清福戛然而止，从外孙子的第一声抱怨开始，那些熟悉的味道，被老伴撒手带走的味觉记忆，如同成年后的孙子，离乡时隐没在暮色中的身影。

我想吃外公做的泡椒和水煮盐花生！外孙子的片语只言犹在耳旁，过往种种浮上心间，宛若泼洒遍地的墨汁，融进天边无尽夜幕，再寻不得旧时踪影。

掰起指头算，外孙子自上大学后得有三年没回陆石桥老家。

电话也由起初每天两通延长至半月一次，零零散散三两句问候便传来嘟嘟声。

人老不值钱，自个年轻时都没起啥大作用，到头来亲孙子都不回家看看，还指望外孙子。虽说农家老太三件宝，玩孙子，老母鸡，破棉袄！可眼下，一宝都难得找了。菜地里那些宝贝着的蔬菜，都喂了鸟儿。

天光见亮，坐在堂屋凝神良久的驼子婆婆心事重重，丝毫没能走出前些日子的阴雨。

眼里的荫翳再度来袭，门前池塘边站着的，似乎是外孙子的身影。

和电视广告里讲的差不多，看东西都有重影了，驼子婆婆自嘲，耳朵却不会骗人，清亮的呼喊自门口传来。

果真是我乖外孙？顾不上揉眼确认，外孙儿已驱车停至屋场前。

愣着干啥外婆，我打算从今天开始回来常住一段时间，复刻儿时的味道，从旧味到旧物，我已经申请好"驼子婆婆"直播间农副产品系列专利，特地回来跟您老报喜。

报喜？

对呀，您老再度焕发的生机来了。

焕发生机？那得多难！

能多难？放宽心！把房前屋后的菜园子打理好就行，我主外您主内。

外孙儿说着，将手机镜头调转到坐在八仙桌旁的外婆身上，面朝屏幕里的弹幕咔咔便是一通介绍——这是咱们农副产品直播间的灵魂人物，我的驼子外婆。

宽心蔬菜，纯绿色无公害，故人旧味带你梦回孩提时光。

◀ 数 九

正月剃头，死舅。

舅没生气，反倒是爸先开了口。

多大人，真不懂还是装不懂啊。饭桌上，爸的啊字里拖着酒气。

我不管，就要就要！肖晓琳转过头，出门前不忘给舅甩上对白眼。

门外，满世界飞雪。

妈妈的弟弟叫舅舅，小时候挨家挨户的 VCD 机中，都有一盘关于亲戚称呼的光碟，洗脑程度堪比九九乘法口诀，肖晓琳对二舅，本身上升不到厌恶，顶多属于没什么好感。

大半月不洗澡，头上都看得见虱子乱蹦，他却偏说是自己养的宠物在跳舞，你捏着鼻子往后退，他哼起小曲儿摇头晃脑，头上的虱子，舞的越发欢畅。

咋跟小孩一样爱唱反调。

如此过分，父亲还对他那么好，肖晓琳想不明白，自己咋就没有大舅呢，想不明白的事情无须再想，消耗心神罢了，学着电视剧的台词，她朝陆石桥南岸望去。

雪，落在地上已是薄薄一层，往来脚印踩过，像六爷杂货铺内的破羊绒地毯，都染了黑渍。

跟小孩置什么气！

屋内，传来二舅放低酒瓶的声音，猛子，要不咱先别喝，雪天路滑。后半句话未出口，俩人心知肚明，大过年的，说话讲究个吉利。

你放一万个心，一，咱陆石河两岸全是知根知底的邻里，二呢，爸夹起大筷花生米，慢条斯理笑道，晓琳这孩子，外刚内柔，十几岁的人自有分寸。

岳云可是十二岁就挂帅出征。

说来说去无非这两句，肖晓琳耳根要磨出茧子的话，咱能跟岳云比吗，就你俩那点文化程度，放回古时，怕是连吃顿花生米的钱都挣不到。

比起电视里的故事，她更愿意留心身边的现实。

现实就是，站在门外的肖晓琳系好大红围巾，没等屋内还嘴，便急匆匆朝预想的南岸跑去。

雪上空留一团红色的背影。

姑娘家的越来越没有礼数，长大还了得，不求端茶倒水拿烟，二舅登门，居然直呼为你，太过分。

养不教父之过，以后走出去人家要指着她的脊梁骨骂我。

不至于，不至于……

话虽如此，父亲却没有半分行动的意思，知女莫若父，她也就嘴上作势，过过瘾罢了。

真剃？给她俩胆子也不敢翻浪。

偏偏，父亲忘了年龄的跨度，站在旧的框架里看待问题，往往只能得到错误的答案，晓琳已不是那个坐在家里安心看 VCD 的孩子，刚上初二的她，正好迈入青春期阶段。

而叛逆，则是这一时期最为贴切的代名词。

肖晓琳早就想剃头，打小开始，她就不明白，自己明明是女生，为啥每回理发都被要求剪成平头，这问题缠绕着整个年幼，如同母亲去哪儿一样，属于肖家的两大未解之谜。

问过，大伙无一例外皆三缄其口。

必须剪！再怎么说也要让理发店阿荣给自己修个女生发型出来，好不容易才蓄下的头发，等过完正月，父亲肯定要带着她把头理平，哪有脸进学校。

一念及此，肖晓琳心中的惧怕瞬间飞到九霄云外，死舅，我才不信咧，再说这舅舅有跟没有能有啥区别。

真剪？

真剪。

记忆里那年的春节，与春没什么关联，先雨后雪，铺天盖地下了半个多月，没有一点点春的征兆，倒是用农历本上的数九隆冬来形容更为贴合。

往事如昨，回忆里的星辰重返夜幕，擦亮一件件被命名为光阴的过往，当年，我真就那么不懂事？

今天你也没长大多少，得亏二舅百无禁忌，换别人你看计不计较。

说不上是偶然，亦或老天爷开的玩笑，肖晓琳放完寒假返校，没过多久二舅便故去，听六生说是肺癌。

咋就这么快……

事过境迁，父亲抽着五爷店里买来的土匪烟，仍旧无法接受，老半天才哂摸出二三烟圈。

走，父亲拍拍她肩，去看看你二舅，汇报下参加工作以来的发展。

毕竟，你的命是二舅给的，当年你妈怀胎时极度贫血，是他一直坚持输血，才勉强把你生出来，他后来落个体虚的病根，半辈子活在数九隆冬中，畏寒怕水。

切，妈妈的弟弟叫舅舅，真当我没看过碟片，弟弟帮亲姐姐治病也值得一说？尽管满脸画着不情愿，小声嘀咕的肖晓琳依然提着火纸冥钞，系好大红围巾朝陆石河北岸公墓走去。

围巾是二舅一针一线勾的，她不晓得，二舅与自家并没有一星半点的血缘关系，恰好都是熊猫血而已。

再逢落雪时节，患上耳背多年的肖猛仍会记起那年冬天，从镇医院输完血回来的"二舅"，挨家挨户串门交代，守住这秘密，免得姑娘家长大后萌生心结。

畏寒的毛病，多半是那年大雪落下。

他蹲下身打开祭品，雪压竹林，禁鞭多年的陆石河畔，发出阵阵清脆的压枝声。

爆竹声中一岁除，民俗与迷信，或许只是一念间的分岔？

飞雪片片，数不清的阵仗，又是一年数九隆冬天。

◀ 口　福

跑这么急干啥？

陆石桥畔往西，上得胡祠堂巷，穿过坐落于街头的书报亭，落日余晖正落在二文脸上，照得豆大汗珠直泛光。

准又跟同学打架，小孩家家皮着咧，天天除开上学不就这点破事，之前偷我抽屉里健胃消食片当糖吃还没找他算账。

我看不像！

五爷反驳着春画婆婆，反驳的理由偏是无果，小娃娃向来不跟他们老辈人玩，如风的年龄，伴着一纵而过的背影。

哪里能搭上话，拿二文话讲，咱着急咧。

能不急么，从天不亮背起书包到学校，打着瞌睡早读到食堂吃中饭，再趴课桌上午休后烙上满面印痕，成天到晚就为听楼道里那声放学铃响。

招呼天天能打，有些东西可遇不可求，特别在挥汗如雨的夏天，好的不就是点口福？

放学铃敲响刹那，无异于田径比赛场的发令枪声，二文如风过境的身形后，乌泱乌泱一大批跟班，叫人难免不往打架上想。

殊不知，小孩儿心思全在吃上。

暮色西垂，追赶日头的路程漫长而又短暂，校外的每一处街景皆是孩童眼里闪光的所在，学校正对面尚在施工的建筑场地，是二文与小伙伴酣战淋漓的角斗场，大伙放下书包，围成半人来高的堡垒，就地取材。在搅拌机旁余下的石子中挑选出成色较为光滑的，拿出来对着水泥地一遍遍打磨，把玩良久，变作手头精巧的宝贝，朝空中掷出，落地时谁手上抓到的石子越多，相应的石子便收入其囊中，好不快活。

工地建成后，将会是陆石桥畔有史以来最大的购物商场，得趁楼没盖好前多抓几盘石子，淘点好玩意。

但从今天开始，游戏得放在脑后，放学铃响前十分钟，二文就和小伙伴们商议好路线，出校门往西，照直走，穿过胡祠堂巷，来到石门街尾巴上，大片落霞簇拥的地带。

那儿有家专卖石花粉的铺子。

说铺子有些夸张，一辆顶着凉棚的推车而已，站在车后的胡姐便是石花粉的制作者，售卖者，无论何时见到她，手中总是端着大铁勺，朝盖着棉衣的冰镇桶中，舀大勺盛入杯中，佐以冰块白糖，剔透晶莹的石花粉，简单搅拌后即可享用。

简单？可别小看那一碗，学问大着咧。

满满大桶完好的石花粉背后，是头天夜半转钟，用纱布包裹住石花籽，拿凉白开浸泡浆洗，用手大力揉搓，循环往复，等到石花籽再揉不出黏液时，取出石花籽包，剩下的便是原浆，搭配好少量石灰水，顺时针搅拌，静置到天蒙蒙亮，然后大功告成。

材料简单，心却不是谁都愿意去操的，是以每逢夏初到秋起，日头烤到人后背冒汗时，才能在石门街尾遇见胡姐与她的小推车，比季节更替还准时。

陆石桥畔，不消看天气预报，胡姐的石花粉等同于夏日清风。

来一杯，不好吃不要钱！

二文和一众小伙伴们，好的就是这口儿，为了冰凉透心的石花粉，他们宁愿舍弃桥洞翻找沙虫，纸片做的军旗，与工地前的抓子游戏，口舌之欲，没哪个孩子能真正抗拒。

就这样，追赶落霞的身影，跑过一个又一个热汗淋漓的夏日，时间大步流星地朝前翻滚，陆石河水般从不倒头。

再后来，石花粉车与胡姐消失，取而代之是通体白净的冰柜里，一支支昂首朝天的巧克力蛋筒冰激凌。

时光易逝永不回，所谓年年岁岁，往小了说，不过是日复一日，等待自己慢慢闲下来的过程。

你后悔不？

啥？

当年没多喝几杯，怕是再也没那口福了。

月上柳梢，上学时的老跟班王超，与喝到醉眼蒙眬的二文，从工地抓子，桥洞翻找沙虫，一幕幕聊回到沁人心脾的石花粉，慨叹光阴不再，往事如昨。

很多事物的消亡，注定难以改变。

未必，身处于互联网＋的年代，想把往事钩沉一下应该不难，怀旧的，肯定不是你我两个人。

凌晨时分，王超拍拍二文的肩膀，将手机递过去，屏幕上的同城论坛里，一段关于寻找旧味的热帖正被置顶，点进去，竟是昔日一同疯闹，奔跑过陆石河畔的玩伴们发起的寻人接力。

二文还没反应过来，王超已经成竹在胸，哥们在帖子里发起了复刻儿时回忆的众筹，你信不信，就靠这纯天然无添加的老手艺，把石花粉做成便携式饮品，保管干掉市面上那些掺着色素香精的雪糕冰激凌。

当然，不指望它赚多少钱，纯属为儿女晚辈着想，让现在的小孩感受下什么是真正的口福。

来一杯，不好吃不要钱！

惊回首，二文看见，一双穿越岁月长河的手，扬起一杯真空包装的石花粉冲自己打招呼。

熟悉的声音自斑白鬓角滑落到嘴边。

等闲识得东风面，你们上学时是这么背的吧，要我说，王超这家伙可不是等闲之辈，陆石桥的孩子们，又有了老一辈人的口福。

说话间，太阳爬上了一竿子高。有东风吹过，二文鼻子使劲抽动了一下，记忆中的老味道呢，果真是。

◀ 出 操

稍息，立正。

立正，稍息！

出操声循环往复，唤醒陆石桥畔一日生计，比闹钟都准时，多少人由此从酣梦回到现实，得以顺利赶上清早头趟公交，方不至于挨私营老板的骂或公家单位扣全勤。

是件功德无量的事儿，在那个白衣飘飘的年代，没有智能手机，更别说各色花样繁多的打车软件，出门三件宝，大腿自行车加公交，免费的叫醒服务，岂不美哉？

好样的小红帽，再接再厉。

清早，路过胡祠堂巷的每个邻里，皆会拍拍头顶小红帽男人的肩膀，以示感激，象征性的。

毕竟升格不到大恩不言谢的层次，小红帽男人心甘情愿如此，没人拿枪逼他。

你们啊……五爷止不住摆脑壳，漫天纷飞的烟圈，掺杂着老城土匪烟独有的辛辣味，于红日初升的云雾中，画出连串捉摸不定的问号。

呛死人咧，老鬼。

老鬼你也喊得？小孩家家，三天不打上房揭瓦，是该给你紧紧皮了。

五爷一把拽住身着校服的六生，巴掌将落待落时却化作满手糖果。

五光十色的什锦果糖，细看其实包装简洁，无非是张玻璃纸裹挟，糖精勾兑而成，招小孩家喜欢的，不外乎多彩的色泽，六生剥开糖纸，站在日头下把糖果贴于眼前，企图看穿糖果内里的乾坤。

可惜自己没生出对显微镜。

孩提时代的六生，自诩为陆石桥畔第一神探，尽管说这话的他刚上六年级，但电视里头讲过，有志不在年高，岳云十二岁就挂帅了！

电视，那黑盒子里的话能当真么？

六生开始望天发呆，他曾见过南天门前上完早朝的神仙，在哪？不就在那一团团棉花糖样的云朵里。

你瞅东边，那是倒骑驴的张果老，正在和吕洞宾谈论修仙之道呢，西边，抱着蟠桃架着筋斗云一路开溜的孙悟空，彼时还叫弼马温，二郎神带着天兵天将就要追上猴子了，被风吹得风驰电掣的那团云彩，像不像哮天犬。

又呆了？瞎嚼！陆石桥俚语中胡扯的意思，每逢此刻，比六生大四岁的大胜就会扔出这句话，拂袖而去。

六生实在不解，为何上中学后的大胜眼里便只剩下写不完的作业与课前预习，活脱脱变了个人，明明去年还一块儿捞鱼捕虾，追风淋雨，在刚修建成的铁轨上摆放石块，以此来试验火车与石块对撞孰强孰弱，偷偷在河对岸的做事人家门口田埂路上埋下线绳，绊倒无数双酒喝大了的长辈脚丫。那些恶作剧实实在在发生过，电影镜头般，一幕幕重放在眼前。

而今，过往时光似乎仅存于六生的记忆中，个体的记忆能否称之为记忆，或许只是梦境呓语？大胜眼中被抹去的画面，牢牢扎根六生心底。

风起，握不住的记忆宛如火车与石块对撞后残存的齑粉，吹得人两眼生疼。

放眼陆石河畔，唯有小红帽相信自己的话，且从未提出质疑，是以每每第一神探的观点遭到辩驳时，六生便会跑到胡祠堂巷寻求认可。

得到认可的方法很简单，给小红帽带连环画看。

手握书本的小红帽好似溺水者抓住浮木，立马停止出操动作，坐在胡祠堂巷前看得津津有味，天空偶有流云飞过，沉浸在纸张描绘的故事中的小红帽，鲜少有人了解他的曾经。

人从来就是这样，只记得欢乐的时光，尽管漫长的一生中，欢乐的占比总是少数，那些令人不快的记忆，下场终是遗忘。

然而，遗忘解决不了任何问题，长大成人的六生，刚上任老城拆迁办主任便遇上职业生涯一大难关，谁都没能想到，胡祠堂巷会成为拆迁行动中的抗拆桥头堡，为胡祠堂巷冲锋在前的，竟然是八竿子都打不着的小红帽。

谁说打不着？

吞吐着烟圈的五爷缓步走入拆迁办，土匪烟独有的气味呛得六生直流眼泪。你小子出生那年，陆石河两岸突发山洪，小红帽所属部队前来抗洪，灾情结束后才发觉小红帽脑部进水过多，患上了脑积水的毛病，精神进而失常，幸好爱看书的他发作时最多是文疯，复员就地工作，顶着街道办发的小红帽，当起了胡祠堂巷的街道管理员。

你说，他跟胡祠堂巷关系大不？这可不单是条普通的街道，往大了说，是小红帽的第二故乡，是军民一家的见证。

故乡也好，家也罢，拆，是为了家园更美老旧小区面貌更新。

瞎嚼，非得破旧才能立新？

六生回头，望向不知何时站在门口的挚友大胜，已成为知名企业家的他，传闻手头有不少资金，可钱并不能解决眼下的焦灼处境……

又呆了？抬头看看天上的云朵，换条思路试试。

大胜笑着，从包中掏出准备好的项目企划书，既然小红帽这么爱看书，就把祠堂给他改造成书店，让他后半生安安心心当个图书管理员，你说呢，老城再怎么翻新，骨子里的文化气质也要保留不是。巷子深处的祠堂，是儒家文化根植民间的代表之一，是中国传统文化重要的组成部分之一，是古代宗族文化标志性建筑……

索性以书载道，恢复古巷建筑，一能护住陆石河两岸的独属于大伙的旧时记忆，让老城的文化底蕴得以传承挖掘；二来以书为媒，让老城人有个灵魂栖息地，提升老城人的文化自信！说到兴头上，六生习惯性地两腿并拢。

立正，稍息！

稍息，立正！

小红帽的出操声，恰到好处响起。

◀ 洗　米

过三遍水，米才变得白净。

米白，用老城人的话来讲，如女孩尖尖的十指，淘洗后，泛着白玉般光泽。

真正是肤如凝脂了。

说白玉，一点都不含夸张的成分，前提是，你得来过老城，你得见过老城的米。或者更委婉点，你得爱过老城的某一个人。

淘米是老城的传统了。也是家家户户，一代又一代传下来的手艺，有人可能不屑，从鼻子里嗤出来一股气，淘米算什么玩意的手艺。

哪家做饭不淘米？

呵，问的人显然是没来过老城，做饭都得淘米不假，但洗米，您总没听闻过吧。

洗？

呵，一看你就没去过老城。

老城人都讲究，和北京旧时那帮八旗子弟一样，各种讲究，就好比说饭到了他们这就不是饱肚子的功能那么简单，有人完全可以为了一叠新买的青花瓷碗特意去做一顿饭。

绝不仅仅是为了吃饭而做饭。

那得多俗呀，老城人看着路边落下的槐花，把日子就这么活成了诗，活成了闲敲棋子落灯花的境地。

慢生活，需要的是耐心。

拿最简单的洗米来说，米要好，得是附近乡里农户自产的米，春耕秋收，得看见秧苗是怎么插到水田里，看得见稻花在风中如何扬起，看得见稻子怎么含苞抽穗，看得见谷子怎么变黄低头，这米才用得放心。

尤其碾盘碾出的新米，成色会更好。陆石桥边，有家传统的碾米店，生意好得出奇。

水和米各取一半，如恋爱中的情侣，米好水不好，不行，水好米不好，同样没戏，用桥畔水加上新碾米做出来的饭，才叫个香。

不配菜，也能吃上两大碗。那青花瓷碗，本就是一道养眼的菜。

只不过，米再香，都是以前的事儿了，如同家家厨房顶袅袅飘起的炊烟。

被天然气煤气渐渐替代。

也不至于彻底消失，但要找到那种米香，着实要花费点工夫，进老城往南走，上赤水巷，再南去，上得现已更名为三三零桥的陆石桥，在桥的尾巴处，或许能寻到她的踪迹。

呵，忘了说，得是晚上。

白天你是寻不到她的。

夜幕下，映在河里的月亮，被过路的游船撩碎，化作颗颗白米时，她就来了，推着老城独有的小推车，车上的物件油腻却整齐，酱油，香油，以及各种调味料，若看得仔细，便会发觉那最具老城特色的香米。

米在锅中，通常这个时候，她都会去河边舀上一瓢水，依旧是水米各半，如老城人不变的生活，那饭，却是众口难调了，各种新生味道的刺激下，就算是老城人都不满足于之前的一箪食一豆羹了，饭，当然不能是白饭了，总不能为了怀旧而影响生存吧。

她需要这样的一种生存，她一直没忘记多年前男人离开时的那句承诺，洗好米，等我回来吃一碗。

饭，就是这么变了味的，饶是如此，她的饭却还是老城最正宗的味道，老城人常在茶余饭后讨论，像她这般坚持传统的洗米方式，坚持用桥畔水做饭，真可谓是珍稀濒危了。

这年头，生活节奏越来越快，一路狂奔，把老城人存在心头的那点慢也给一阵风般裹挟了。

女人却还在坚持，推车上手写的摊名要给自己明志似的，"正宗洗米饭"。

不知道能不能撑到男人回来的那天……

一切都是未知数。

邻镇的疗养院里，每到饭点，一群老人都会议论着与他们一城之隔的这段故事。

开始是一个人讲，大家听，后来就变成了大伙都能参与进来的谈资。

有人质疑过故事的真实性，但总被那个沉默寡言的轮椅老头予以反驳，故事最开始就是从他嘴里传出来的。

洗得那么白的米饭，他高位截瘫后就再没品尝过，那么用情至深的女人，以后怕是再难寻觅了。

老人是腊月走的，走之后大伙才晓得，老人户籍所在地，是老城。

老人来疗养院前，老城暴发过一次特大山洪，武警部队某舟桥旅的一个官兵，在抢救陆石桥下洗米的一个女孩时，被急流冲下的木头打断了双腿。

武警部队的番号，叫三三零。

◀ 摆　轴

同老张认识纯属偶然中的必然。

老张是学校门口卖煎饼的，一斤面，能出五十多张煎饼那种。

真奸商。

对此，我一直报以鄙夷。

认识老张之前，从不觉得此看法有错。笑话，错怎么可能在我。

一辆车，一个人，一盏灯，散着橘黄色雾气的灯上裹挟浓重的油渍，算作老张的全部家当。

生意不算太好，却也熬过去。

日子嘛，总不得一天天朝前奔。

以上皆为老张原话，话语中，常透出些许无奈，像他衣服上被油溅起的斑点。

灯光下，他极力掩饰，于人前，他则努力挤出一副笑脸。

能熬过去。

说话时的老张，已把日子熬了大半截去，背驮着，虾米一样，衣服却穿得格外整齐，同身边摆街的摊贩都不同。

他比较爱干净。

给人一种错觉，他和手头摊位没多大关系，丢下就能马上胜任别的职业，且不会出现违和。

人家本来就不是做这行的。

小子，你见过年轻时候的他嘛。

我摇摇头，夜风中，煎饼的热气在眼前飘动。

可帅了，年轻时候的他可不像现在这样窝囊，哎，也不能说窝囊，这小子当年呀，就七个字，初生牛犊不怕虎，老街上一霸，谁敢惹他，打架什么从不带眨眼的。

长坂坡上的赵子龙晓得不。

就那个于百万军中杀了个七进七出的。

巧合了，他还把媳妇打了个七进七出。

夜风席卷过来，风打落叶的声音如人在哭，不早，该回家了。

五爷叼着烟走得远了，视线里渐渐变作小黑点。

越来越小。只有我站在原地，看着不远处橘黄色灯照下的老张，发起了呆。

坦白说，能和老张认识，真的是源于那张饼。

说说我吧，大学刚毕业没多久的学生，遭遇着毕业即失业的迷茫，好不容易找到一份工作，谈不上喜欢，也不见得厌恶，如同摆轴那样固定旋转。

独在异乡，难免生出些孤独来，在夜风吹拂的大街上闲逛，成为排解孤独的方式之一，遇到老张之后，排解方式又多出一种。

那就是，吃他做的煎饼。

天下煎饼都一个样，味道却大有不同，遇到老张以前，我固执的认为再也吃不到儿时放学后校门口的煎饼了，薄脆，扑鼻的肉香，烫嘴的新鲜。

老张的煎饼偏偏就有那种味道，谈不上多好吃，可能更多在于等待老张将面下入平底锅上，同他聊天的感觉。

感觉也是一种调料，老张说。

不置可否，对这话我报以认同，毕竟都是日子小碎步小碎步朝前迈的人，互相理解互相尊重后感情升温。

渐渐熟络起来，老张偶尔会翻出相册里的照片给我看，泛黄的照片里出现的那个女人，应该便是或许即为五爷口中的她了。

属过去时了。

老张曾有过一段美好的爱情，像香港电影台词那样描绘得千篇一律，他没有去珍惜，不懂得什么叫珍惜。

小子你看，我媳妇，多漂亮。说这话的老张嘴角向上扬起，左手习惯性撩动起后耳边的头发，和照片里女人的动作相似，或许这就是感情，相生又相克。

一句你给不来我安全感，一句猪油蒙了心，一句脑子勾了芡。

曾经的媳妇，没了踪影。

老张抬起头，回忆在春风里瑟瑟发抖，被炸鸡汉堡门店挤压到每况愈下的生意，于晚风中叹息，灯光打在我们脸上，愈发显露出境况的黯淡。

和别的商贩不同，他依旧坚持出摊。

老张常说，好饭不怕晚，属于你的一定会回来，夜晚的校门口外，经常会有对着电话那端哭诉的年轻人，哭声比露水还要清晰。

过来聊会？

并非哲人的老张说的话却比书上还要真理，嗨，怪文艺的，不过关于我的问题，他一直没给过答案。

老张，人生究竟是丢失呀，还是逐渐遗忘的过程。

无数个数过星星的夜晚，同小推车里的他有一搭没一搭聊着，觉得双方都很像脚下的落叶。

离开枝干就不知道往哪飞翻飞。老张每回都把话题绕开。

是早春，春雨贵如油的时节，今年的雨却如同一段挥之不去的记忆，连着下了好几天，我挺为老张担心。

不出摊怎么赚钱谋生。

天稍微晴朗，晚班后的我赶紧跑过去找老张，熟悉的摊位下。

竟没有熟悉的脸孔。

我有些失落，怕他以后不来，换地方了，都没留联系方式呢，脑海中浮现的，却是清晨朝霞升起后消散于无形的露水。

身后，一声嘶哑的声音响起。

小子，找人呢！

是抽着土匪烟的五爷。

这么晚还出来？

不还是为帮那小子传话，他把媳妇寻找回来了，前两天的事儿。

这样呀。

他让我带句话给你，说什么人生既非丢失，亦不是遗忘，而是寻找，人生不过是无止境的寻找，每一副摆轴都有属于自己的表盘。

嗨，怪文艺的。

是那个把媳妇打得七进七出的老张吗？

◀ 齿　寒

　　四婆不招人喜欢。

　　自始至终。

　　四婆开口就没好话，一张嘴将人损得体无完肤，明明是有好事找你，她也损，损得多了，村里索性背后这么说她。

　　舌头上生了蛆。

　　不讨人喜欢是自然的，发展到后来，大伙连提到她名字都会下意识去蹙眉。

　　眉头紧蹙，如一朵刚熬到春天的花枝遇上倒春寒，花苞还没绽开，又缩紧花瓣紧。

　　当我欠你家钱呀！

　　还嘴必然在情理中，和早些年相比，四婆言语倒变得有些退化了，不再蹦出多毒的字眼，或许，和年龄有关吧。

　　岁数大，知道骂人伤身体。

　　早些年，四婆可是口连着手，连打带骂，书上说的宜将剩勇追穷寇，我一度以为是给四婆量身打造的。

　　遗憾的是，四婆没将相之才。

唯一同其匹配的，是她与人争执时的不依不饶形象。

拿现在孩子话说，完全就是童年阴影，根植于记忆里，想格式化都无从下手。

讨嫌得很。

讨嫌属毛峰岭方言，

毛峰岭是四婆的全世界，她孤老一个，身体如同那风雨飘摇的房子，漏风的门沿，缺角用塑料布顶替的窗户，沙沙作响的瓦片，都是西北风最爱光顾的对象。

艳阳高照还好，若碰上阴雨天，一个孤老，怎么抵得住。

想到这，我突然暗自庆幸于早几年把父母从毛峰岭接出来，尽管父母二人表现都挂在脸上，满满的不舍，对于毛峰岭，故人的不舍。

我心里明镜似的，这些不舍会随着时间的推移而慢慢消散，乃至于无迹可寻，

一年，两年，事情的发展确如我所料。

却没做到铲草除根。

回到一个亘古不变的问题上，人吃五谷杂粮长大。吃五谷杂粮难免会害病，难免会生出些心思，继而爬上额头演变为心事，拿到体检报告，凝视着头发业已泛白的母亲。我疑惑了。

全身没啥大毛病呀，报告里写得分明，母亲眉头却蹙得更深了，她不好意思明说，我猜到了几分。

人上了岁数爱怀古，她一定想念毛峰岭的虎皮泡椒了，心病还须心药医，我赶忙驱车回到了老家。

喏，还不是老地方！顺着旧时玩伴祥子的指引，我下车，一边感叹于时间的无情变化，一边朝老屋的方向走去，腌制虎皮青椒的手艺只有四婆会了，年轻人在外挣钱，谁顾得上那坛子酸水辣椒。

妈就好这口，不然，鬼想来求这个舌头上生了蛆的人。

走着看着，脑海中时不时蹦出物是人非之类的词汇，伴随着记忆的碎片席卷而来。有风，刮得房屋猎猎作响。

风一起，下槽上的牙齿便疼痛起来，老毛病，祥子门儿清，在那个特殊的年月，我和祥子家因为地多被划分为富农，遭受了许多磨难。

而牙疼，得归功于四婆，若非她当年带头动手打了父亲一耳光，惊到了年幼的我，吓得当场摔了一跤，断然不会遭这罪，和母亲一样，牙疼多属心理作祟。

算得上报应吧，如今的四婆寡人一个，已至正午，望了眼岭上唯一与其相伴的破落不堪的瓦房，推门而入的我，心里舒畅了不少。

当然，皆以默剧形式呈现，身子骨远不如往日的四婆，正背对我朝坛子里掏泡椒咧。

你先坐，好容易回来一趟。四婆絮叨着，趁她出去找装泡椒袋子的工夫，我偷偷在屋里转了一圈，最后落足于泡菜坛前……

让你当年打我爸！

瞪着泡菜坛子的我，心里咒骂道。刚入屋的四婆却像是看穿了我那点心里事，欲言又止着迎风叹了口气。

风很轻，比四婆将包装好的泡椒交到我手里的力道还要轻，四婆手上没了劲，对于一个老人而言，绝非好事。

四婆的欲言又止，则在两年后的葬礼上才得以大白于世界，四婆临走前拉着村里唯一在场的年轻人，我的玩伴祥子，颤悠悠说出来人生最后一句话。

——我做了大半生狠人，坏人，只有你们爹妈晓得我的苦衷，论说大家都是不出五服的亲，我哪来那么多仇恨，当年只觉着吧，我动手打他们，总比外人要有分寸。

分寸？分寸！

轮到我发愣了，脑海中浮现出两年前驻足于泡菜坛前的那个正午，朝坛里吐出的一口浓痰。

分寸！刹那间我眉头紧蹙，下槽的牙疼了起来。

姑且，叫它齿寒吧！

不能被人理解的四婆，气盛之时，能够不让牙齿发寒的唯一办法，就是舌头上毒一下，麻痹自己吧。

◀ 经　糙

谭叔的巴掌拍过两下，陆石河天就黑了。

是傍黑，此时若抬头，会看见尚未退却干净的日光，一步步被深色素吞噬。

天黑不黑，本质上来说与谭叔没有什么关系，天这块幕布挂着，总归是要开幕谢幕的。

至少，陆石桥这老城不曾遇上日食。

天，咋这么经糙。糙是陆石桥方言，折腾的意思。

谭叔拍着巴掌朝河边走，河仍旧是那条陆石河，穿城而过，且远比人的脚步要快。少年时的谭叔曾萌生过同河水赛跑的宏愿。

终究，这泼天大愿在一次次回望中成了臆想，进而变成追忆。

年华似水，水是天空的另一种显现方式，大自然咋都这么经糙咧？

跑累了，趴在桥沿上呼呼喘着粗气，有风吹过，如镜般的水平面划起波纹。

谭叔亦变得褶皱起来。

似一张褶皱的白纸，这样形容一点都不为过，翻过六十岁，谭叔时常感觉自己记忆被盗窃，存在于心尖的人和事，都了无痕迹。

像有人于暗中泼了盆冷水，且拿着洗衣液和毛刷一遍遍地洗刷，淡化了，空白了。

谭叔活成了张彻头彻尾的白纸，黑字连同墨迹，退出生活的缝隙。

陆石河水也在变化，如今的陆石河水绝不是当年那一条了，数次变道后，能把陆石河源头说明的人，为数不多。

谭叔望向河面，另一个自己被北风掠过，侵蚀得不成样子。

冬进入尾声，春的气息穿过大街小巷里播放的乐曲，步步紧逼，日子变得喜庆起来，腊月尾，年味浓。

小孩小孩你别急，过了腊八就是年。

谭叔哼着旧时的小调，漫步桥上，两岸灯火点缀着夜色，科技发展迅猛的年代，是不存在黑夜白天的。

包括习俗。

过去老辈人推崇的东西，给糟蹋得没剩多少，大小店铺初一关门，初五开市，如今谁在乎？尽管谭叔也承认，有些习俗是存在弊端的，不关门确实能应对不时之需，可自己？

好好的手艺竟被人质疑不卫生。

谭叔一怒之下拍了巴掌，悲哀呀，双手明明是拿来揉面发包子的，如今却没了用武之地，离开包子铺，谭叔就成了张白纸。

谭叔家包子堪称河畔一绝，因貌似陀螺，被老城人唤作陀螺包子，曾是多少人的儿时念想。

不承想，手艺断送自己手里。

打卫生局例行检查态度不明后，谭叔那颗心就悬了上来，加之网上黑心手工作坊的新闻爆出，谭叔的包子铺，几近凉透。老人怕闲，但凡闲下来，像谭叔本来生龙活虎的不凡身手，也日渐萎靡，只得学着五爷等更老一层的前辈的锻炼方式，每晚出来慢跑拍手。

生活还是要继续的，这么富于哲理的话，谭叔说不出，拍手活血，他还是晓得的。拍着拍着，谭叔忘了这些烦心事，心头无事天地宽，真别说，心情一顺手脚都凭空生出劲来，谭叔一鼓作气，大鹏展翅般准备跑下陆石桥，不承想被迎面而来的六生给撞上了。

且撞了个满怀。

谭叔您身手不凡呢！六生的话，听不出是夸奖还是揶揄，谭叔冷了脸，再不凡的身手，也得有施展拳脚的地方才行，六生掐着谭叔脖子呢。若不是他带着卫生局的人到店里检查，谭叔有空慢跑拍手？他这当儿忙不迭准备第二天早上包子的面料呢。

说掐脖子呢，谭叔还真感觉喉头一紧，六生一只胳膊环住他脖子，一只胳膊扬起两张纸，谭叔您再露一手给我们陆石桥人长长脸。

再露一手？谭叔不解，自己被逼得都没老脸开店了。

陀螺包子通过卫生局检验了，看见没，六生把扬着的纸张塞

陆石桥传奇

133

到谭叔眼皮底下，看清没，一张是验收合格通知，还有一张，是老城非遗办要帮您申请非物质文化遗产传承人的文件。

这回，轮到谭叔揉六生脑袋了，你个六生，要敢拿谭叔消遣，谭叔要你这辈子吃不上陀螺包子。

那手劲，只差把六生头给当陀螺揉得转圈圈了。

老爷子，身手还这么经糙呀！满眼冒金星的六生嚷嚷着求饶。

声音滑进河水，有孩子气的喧笑声，哗哗响起。

◀ 撞　日

....

九月十五，霜降。

宜开市，交易，会亲友，及出行。

七婶撕掉农历，泛黄的纸张透过晨气，手里发面似坨成一团，又缓缓下坠。

早起霜大，头靠向窗外的她好一会回过神来。

该起床了！喊过，才发觉屋里没人，起身，去隔间探探已经凉透的被窝。

跑出去有一会儿了，熊孩子。

七婶絮叨着，瞳孔里架出微弱的火光，不提孩子还好，一提就是气，儿子媳妇结婚时说得挺美，您老就等着我们孝敬吧。

敢情，这孝敬是捆绑式的。

和别的老人不同，她不愿人前人后跟尾巴虫似的带孙女，一口一个娇娇，前半辈子没把人伺候够呀。为这个，近两年七婶没少跟儿子吵架。

您就不能安安心心帮我们一把，渡过难关吗？

难，你倒是跟我讲讲现在有啥难，房子车子票子都有，结婚头两年你和小芬事业刚起步，我帮一把是应该，可你算过没，你俩在家下过一回厨么。

时光推回到儿子结婚前，那时的七婶开心得跟个孩童一样，为人父母嘛，看到儿女成家开心是自然的。

只有五爷晓得，七婶和那些同样带笑的街坊邻里们不同。

七婶的开心在于自由。人活一世，都说得为自己活，好好活，说起来容易做起来难，把孩子拌大吧，得考虑婚事，等到结婚了，又要为儿孙护航。

真正意义上的人活一世。往往被世俗吞噬分解，沦为一个悖论。

尽管如此，仍有人不甘心。

七婶便是打头阵的，前五年还好，近两年，特别把孙女薇薇拌到初中，老伴过世后，屋里的战火就没消停过。用儿媳话讲，婆婆比炸药还猛，一张嘴，赛过春晚毒舌大王蔡明。

我倒是想赛过人家！七婶确实有点迷蔡明，与毒舌无关，她迷的是蔡明小品中人到老年依然追赶潮流的勇气。

直白点，她不想在伙夫和保姆的角色中再跳来跳去，和尚跟秃头的区别吗。

架吵得多，不代表有用，真正的行动来源于自己。清早，同样独善其身的五爷对着阳台大口喷着土匪烟，一语中了的。

讲到底，七婶还是没那个勇气。一把年纪的人，为所谓自由抛下儿孙不顾，怕是连窗外淌了上百年的陆石河都得拍水花子笑话自己为老不尊。

望着窗外渐渐消散的浓霜，七婶心里直冒干火。

手头，是孙女薇薇跑出去后，未加整理的被套，初二的孩子压根没做内务的念头，七婶掂了掂，带着日常惯有的唠叨和满是湿气的被套出了门。

浓霜猛太阳。

出来后，七婶才发觉小区里晒被子的不止自个一家，这档口，晨霜散得差不多了，抬眼，果真是黄灿灿一枚大太阳挂在天上。

七婶眯眼把被套摊开，特地画上记号。是怕收被套时被人弄错，冒领。偏生，一向知事的五爷居然当着自己面耍起了狸猫换太子的把戏。

你是眼瞎吗，老五。

纠缠好半天被套不脱手的五爷，结结实实挨了七婶一嘴骂，大庭广众咧，日头下五爷依旧不放手。

一把将画了记号的被套紧紧抱住，硬说是他的。脸上，挂满了蛮横。

霎时间，院子边上吃瓜群众，将夺被子的二人围在中当，也不知谁先推谁一把，头发花白的两老居然动起手来。

当真是日头撞上了日头。

直到儿子闻讯赶来，才将骑在五爷驼背上肝火正旺的七婶拽开，理所当然的，被套完璧归赵。

可事后媳妇小芬面色却显现出意料之外的瑕疵，显然，那番请七婶搬回老屋住的话，出口前犹豫了许久。

为了薇薇的成长不被婆婆的暴力影响，必须得把婆婆送走，让她落单。

择日不如撞日，就明儿。

——却没想到，肝火旺的老娘竟没能落成单。

霜降刚翻过篇，七婶搬着厚重的家伙回到老屋时，身后出奇的跟着个抽土匪烟的老人，哼哧哼哧脚蹬三轮车，要帮眯眼的七婶拖行李咧。

不是五爷又能是谁？五爷和七婶，在小区是邻居，在老屋，也是邻居。

那驼背和天上的日头一样，陆石河边可撞不出第二个。

事后，有目击者如是说。

◀ 带　响
....

　　两个包子下肚，三春心里舒坦了些。

　　是肉包，蒸笼里还透着热气。却不怎么新鲜，三春咬上一大口后，刚爬上心头的舒坦便化作忧愁，朝眉头涌去。

　　三春的眉皱得很老成。一点儿不像个孩子。

　　腕上的老式机械表，时针不紧不慢地走着，什么都没发生似的。

　　热气袭来，将三春罩在蒸汽里，耳边传来店家的吆喝。在店家的言语里，她家包子不单味道鲜美，吃了还能轻轻松松考上满分。

　　呵！已经七岁的三春，知道老板的话假得都不掺假了。

　　这叫广告，奶奶曾不止一次跟三春讲过。

　　这个冷笑话，让他皱起的眉头仅仅舒展了一瞬，便再次紧锁起来。

　　带着牙印的包子，给风早吹冷了，用大人的话，该叫凉透了吧，三春思忖着。

　　不知该吃还是扔。

　　这是个大问题，尽管一个肉包子售价就一块钱。三春伸手掏掏裤兜，里面的状况不怎么讨喜。

一块钱，在之前的日子里，三春对它是没有概念的，毕竟，和奶奶生活的年代不同，那种对于钱的到来以及珍惜的目光，会随着时代淡化的。

在现金都成为历史的今天。

从付钱就能看出，往前退十年，互联网不那么发达的时候，现金可是烫手得很，常有好面子的人在银行取钱时特地要求连号百元大钞，拿出来显摆。

也有赶早卖菜的商贩，不得不多换些零钱带身上，方便找钱。

都是三春出生前的事了。

一个"○○后"出生的孩子，对钱没什么基础概念是自然的，毕竟，身边没个人教他，三春没和父母待过一天，靠奶奶带大。

如果襁褓的他尚有记忆，那早市应该是记忆中最常浮现的画面，提着篮子卖菜的，开着车来卖鱼的，以及坐在路边，面前摊起瓶瓶罐罐卖野生蜂蜜的，比比皆是。

而此刻三春脑海里浮现的人，是奶奶。

奶奶心善，街坊邻里都晓得，对三春更是理所当然的好，这么多年来三春要什么，奶奶就给他买什么，哪怕是天上星水中月，年幼的三春相信，奶奶也有这个能力给他弄来。

可这回，奶奶却一反常态。

只是块能上网能视频的儿童手表罢了。

三春不懂，也不想懂，他只知道，奶奶不顺着自己的意思来，肯定是不疼他了。

爸妈远在外地打工，连面都没见过，奶奶不疼我，我还待在家里干什么，想到这儿，三春的脚步顺着晨雾，来到了陆石桥。

来个离家出走，让奶奶着急去。

看她给不给换表，班上就三春一人带这种老式走针机械表了，出土文物一样，三春看着腕上，破旧的手表镜框里，指针仍无休止地走着，气登时不打一处来。

新手表可以打电话，能拍照能上网，有了它我就可以跟爸妈视频聊天啦。

换啥，你手上那个又没坏。

姜总归老的辣，提到换表奶奶总是含糊其词，这才滋生了三春毫不含糊出走的念头。脚下生风的三春将手表摘下，奋力一掷，你不是不坏吗？

陆石河里，泛起阵阵波光。

没了时间的三春，走走停停晃晃悠悠，直到河边传来的晚市的叫卖声，才想起，午饭没吃不说，晚饭还没着落。七岁，还真的没有离家出走的资本。

回家吧！推开门，熟悉的环境里居然有意外的惊喜。白炽灯光下，奶奶手里捧着的，不正是自己朝思暮想的儿童手表吗。

能上网，还能和远在外地没见过面的父母视频聊天呢！

顾不上解释白天偷偷溜出去的事，三春拥上前，从奶奶手里夺过盒子，正要拆开往手腕上带，抬头，发现奶奶正怒视着自己的手腕。

眸子里，有火焰外冒。

你手上的表呢？奶奶开口，语气生硬到让三春措手不及。

丢河里了！七岁的三春哪懂撒谎，话没完，脸上已是一阵火辣的耳光。

如一屉刚出笼的包子，滚烫。

三春哪里晓得，妈妈生他时大出血，爸爸奔走借钱赶到医院的路口时，恰好遇上了疲劳驾驶的卡车司机。

那块老式走针机械表，是爸妈留给三春唯一带响的物件。

带响，老城字典里带想的意思。

陆
石
桥
传
奇

◀ 青 衣

锣敲三次，红幕牵起。

三声为一响，连发三响，意为登台。

柳林儿套上凤冠，不紧不慢，朝发髻盘起处别进最后一支月
钗，同身后人盈盈相望，梳妆镜里的她，太不像她。

咱这行逃不掉的宿命。

扮上，便作她人面孔，耍不得真性情。

私下里，同晴柔讲过多次，戏台上的光景，生生便是缔造给
看客的消遣，饭后茶余，上不了台面。

需舍得干干净净，如夜幕同天光分离那般。

听不懂。刚满十五的晴柔偏过头去，犯了娇。

瞧那样儿。

柳林儿伸手戳戳她脑袋，又胡画，偌大的福善班，也就许你
跟我这样，外面还是得注意下，没个大小。

晴柔应声允道，转过头来的她，一张小嘴泛起樱红，与所有
同年龄段的女孩相似，情窦初开，喜欢趁家人不在时偷翻开妆台
前的胭脂，擦到满脸绯红，像被小猫薅过似的，其实，二人并无
血浓于水的情分。

窗外，涌入阵阵春风。

风吹过十里长堤，陆石桥河岸边的柳树怀抱般，迎着时令愈发长势喜人，柳枝伸入河水，直挠得冰河也酥软起来开了冻，船家打桨过桥，一条条乌篷散落水中。

一年之计在于春，开春，意味新年伊始，祈求雨顺风调，戏台便于此时搭起。

且就搭在陆石河边，两岸行人路过，皆会驻足瞧上两眼的好地角，春风匀到柳林儿面上，一派温润。

温润到看不出岁月的痕迹。

描眉，贴上片片花黄，取金丝锦帕沾染水粉，向腮边抹去，戏台上的精彩，只做冰山一角，太多因戏衍生的事端默默藏在红幕之后的妆台，所谓角儿腕儿，只是诉诸给看客的表象。

再多喝彩叫好，不过一介戏子，拿捏住光阴红利，扒拉后半生人老珠黄时得以傍身的钱财。

柳林儿十分清醒，戏外事，认不得真。

何出此言？

时间倒退回十六年前，也是晴柔那般年纪，刚入福善班没多久的她随班主去江南巡演，那是她第一次登台，以青衣角色示人，却引来阵阵骂声。

戏迷皆知晓，青衣多为性格贞烈贤淑庄重的中青年女子，极考验角色基本功底与唱腔，初入梨园的她，哪能挑得起如此重担，台下看客怨声四起，台上青衣难免慌神，勉勉强强间，方将一出戏演完。

大幕拉起，趁散场混乱，柳林儿跌跌撞撞蹿至河岸想要就此了断。

殊不知，微凉的水气中传来悠长叹息，以后会好的，唱戏是个向生而熟的过程，叹息中夹杂劝慰，这班主太不地道，故放新手上台，到头来不过是有责骂你的由头，克扣饷银。

说了这么多，要不要跟我走。

跟你走去哪？

去天涯，四海为家。

如若当初同他上了那艘船，会否会过上春风拂面的生活？柳林儿时常回想，只可惜那一瞬间的空白涌上脑海，待到反应过来，耳边仅余长衫客的余音，江湖险恶，这皎月钗务必收好，有朝一日，我会来寻你踪迹。

年久月深，话语犹在耳畔，封着泥塑的好酒般，散发出清浅岁月下独特的幽香。

每念及此，脸颊总泛起微微红意。

武林传闻，皎月钗取天外陨石打制而成，共十二支，入谁手，其便拥有无敌于天下的奥秘。

无怪乎姐姐能把事看得如此透彻，顾不得听完故事的晴柔，朝河边奔去，抬头望，已是明月高悬。

这苦命的孩子，似有心事。

窗外，月尚未圆满，横在柳梢枝末，宛如戏台上的弯刀。

再定睛，真有柄弯刀横过，刀光挥舞，不间断劈斩二十余刀，饶是柳林儿身负多年戏台步法，也未能闪过致命一击，霎时间，屋内血腥味弥漫。

屋外，少年郎褪去血衣扔下刀兵，朝约定地点奔去，同样轻快欢乐的步伐，柔柔踏于春草上，他心仪的女子有个春光般柔和的名字——晴柔。

父母双亡的她自幼卖到戏班，解救她的不二方式，莫过于救她出来，寻到十二支皎月钗，获得宝藏奥秘，执子之手，看遍世间美好。

如今，仅剩一支未至，少年郎想着，朝河岸边飞奔，目光所至，心上人在灯火阑珊处等他。

相拥，怀抱却没有想象中那么温暖，甚至钻进些许凉意。

凉意透骨，钻进自己与晴柔身体的利器，正是那最后一支皎月钗。

与此同时，陨石制成的皎月钗，被一股莫名的磁力所牵引，飞升入空，环环相扣，竟合为一面明镜。

浮在半空的镜光陡然反射出八字真言——海枯石烂，爱心无敌。

钗言转瞬即逝，如茫茫夜色中握不住的月光，到头来仅仅梦一场，落得满手冰凉。

哎，我说过会回来找你，终归晚了些。

满面倦容的长衫客，背负起余温不复的柳林儿，朝水天相接处掠去。

身后，两具年轻的躯体颓然倒下，青衣倾盖少年郎，那是晴柔趁主家姐姐没注意，偷偷穿出来私会的戏服。

挺合身的。

不晓得，是否当年柳林儿初上戏台时那件。

远处，窸窸窣窣传来锣敲过三响的声音，掺杂起知晓时节的春雨，好一出红幕牵起，船家叹道。

草长莺飞二月里，却再无登台之青衣。

◀ 收　涩

················

未经盐水浸泡的菠萝，涩。

涩源于感官，记忆的延伸，于脑海中萌芽，经由身体的枝蔓缠绕，混合成一种不可言说的化学反应。路边推车摊贩的吆喝叫卖，声声轻叩心头，在许维维眼睑下边砸出个不那么动人的鱼尾纹来。

早些年还叫卧蚕。

许维维觉得如今的自己像盘隔夜菜，尽管别人夸她犹存风韵，和徐娘半老之间那点隐晦的间距。一捅就穿，许维维从未把人前话当真。

劝君莫惜金缕衣，劝君惜取少年时。如菠萝与菠萝蜜，本质上截然不同，果肉颜色趋同罢了。少时的许维维偏爱菠萝多些，倒并非因其果肉饱满，水果水果，名字里都带个水字。

同样是水做的女人。且上点年纪，不就需要多补水么。这与菠萝没有过分的联系啊。

你不懂。

此店不售菠萝，镌刻在精致的宣传板上。

陆
石
桥
传
奇

外人不懂的事终归太多，关联到独身水果店老板娘许维维身上，平添出几分神秘。如陆石河水，湖面下暗藏浪涛。

菠萝自带清香，其所在处，空气丝儿都掺杂着甜，打小，许维维就喜欢那股独特的香甜气息。能吃是福，父亲的话挥之不去。

由喜欢上升到钟爱。就那么好吃？

一口烟气飘出，五爷的疑惑不是没有道理。

当然好吃，你们老辈人接受不了而已。

像你爸！

回答干脆又直接，冷漠，大概是许维维身上最难以撕扯的标签。陆石桥畔，冰冷性格的人不多，挺好的苗儿，陷在往事里头，吐着烟圈的五爷摇头，背转过身朝此店不售菠萝的牌板反方向走去。

或许到年龄就会好，冥冥中的事谁能预料。

母亲早逝的许维维身上，恋旧不也是种个性。每看见路边摊贩平板车上错落有致，一字排开的菠萝，许维维虽然想吃，却一笑置之。

许维维所好并非甜蜜，而在于菠萝口感上的涩，未经盐水浸泡过的酸涩。食用后舌头肿胀，犯恶心。

百度给出的解释是，菠萝内含朊酶物质，直接食用易引起皮肤潮红，全身发痒等症状，用淡盐水浸泡，能破坏朊酶导致人体过敏的结构。

小时候哪有百度可查。八岁那年夏天，鸣蝉过枝，月光下，挥舞蒲扇的许均牵着许维维站在陆石桥畔乘凉，身后竹床给五爷坐的吱呀乱响，有叫卖声穿过长街，更有风轻抚河水。

有菠萝吗？来俩！

清脆香甜的果肉于唇齿间绽放，陪吃菠萝的许均总能将嘴中水果讲出花来，

硕果何年海外传，香分龙脑落琼筵。中原不识此滋味，空看唐人异木篇。耳边徐徐飞过穿堂晚风，所谓岁月静好莫过于此。

好时光通常易碎，许维维从未想到，自己某天会给钟爱的菠萝口感涩到，浑身红肿发炎。往后，许维维再没碰过菠萝。

父亲许均面上笑容不复。在厨房发现药渣，许维维方知晓父亲是肠癌，中西医都无力回天的那类晚期，山茱萸、五味子、乌梅、芡实、诃子，五味草药调和为一服中医里名为收涩的药方，补血化便，有疗效，很细微。没那么痛，走得比较轻松。

父亲走后，许维维再没碰过菠萝。

陆石河水缓缓流过，再度与菠萝发生关联，纯属意料之外，鲜果店老板许维维，因怕睹物思人，成为老城区独家不售菠萝的水果店铺。叫人惋惜！

满大街水果店那么多，菠萝涩舌头有啥惋惜可言。

错，中原不识此滋味，听过明代王佐那首菠萝蜜么。

菠萝多心眼，你也该多给自己想条出路。春食菠萝解忧除腻，做道菜你尝尝！这么说时，米店老板米福变戏法似自身后掏出菠萝来，细看去，却是个剜去果肉的空心菠萝。

知道菠萝加上老城独有的洗米是什么味儿吗？你肯定会喜欢。

一句肯定喜欢，盖过中原不识此滋味，没多久，洗米店兼并到水果店。

再后来，早年丧妻的老实人米福，凭一碗菠萝饭迎来黄昏恋的故事，传遍陆石桥街头巷尾，个中情节虐得小年轻们众口不一。

共同点在老实人米福喜宴上那番羞涩的表白。收住涩，即为甜蜜。

能把青涩相守成甜蜜，不易。

◀ 收　汁
....

挽上发髻，葱花下的恰到好处，氤氲而升的鲜香随热气扑面袭来，厨屋内已是一片朦胧。

文火，收汁，烂熟于心的步骤，儿子最爱的砂锅煲，多一分毫都是云泥之别的差错，汤汁泛起微澜的刹那，徐芳才想起该摘下鼻梁上那副眼镜。

近乎无感的金丝眼镜，于近视半生半辈子的生涯而言实属奢侈，人到中年的徐芳早被归类进时下新兴名词——财务自由群体，仍坚守传统观念。

比如勤俭，老话说细水方能长流。

显然，这副最新防蓝光镜片的金丝眼镜，出自儿子手笔，他们这代人大手大脚惯了，脑子里充斥着享乐主义，拿大白话讲即只追求当下的快乐。

存钱是不可能的，您那堆老话早过时了。

你哪来那么多工资？

花就行了，您能不能少点唠叨。

工作头两年春节回家时，徐芳还会揪着大手大脚的事认真敲打儿子几句，年轻人就怕啰唆，索性回房自个儿待着，连母子间正常沟通都一度缺席。

那几年除夕夜，瘫在沙发上的徐芳看完整整五小时的春晚都笑不出声，任由屏幕里的本山大叔金句频出，她自岿然不动。

生活让人变得沉默，不是在沉默中变坏，就是在沉默中变态。一来二去隔阂更甚，愈发害怕诉说，面对面的那种。

不再言语的徐芳怎么也没想到，凿开隔阂的破冰者，会是那场突如其来的春寒。

春寒料峭，照半生经验去看，那年都称得上独特，可经验之所以为之经验，逃不开终有一日被打破的定局，初五刚过，位于南方边陲地带的陆石河，竟铺天盖地下起雪来。

起初大伙皆以为只是场略显绵密的大雪，下得过于投入了些，至次日孩子们冲出自家庭院跑到陆石桥畔堆雪人时，所有人方才觉察到，大雪没有丝毫停下的意思。

瑞雪兆丰年，与人打着哈哈的五爷却再无点烟的心思，冬天麦盖三层被，来年枕着馒头睡，话虽如此，回归到如今的生活，先进的农药早使麦田无需冬雪即可去除虫害。

恐成灾难！

首当其冲受到波及的便是作为枢纽的国道，以及穿梭于乡镇中的客运班车，初五初六，各家忙完年事，本是走亲访友的好日子，搁眼下，班车安上防滑链都在雪地里打滑，道路被覆盖，大地静默无言。

偶有贪玩的孩童从雪中踩出一条小路，攥着压岁钱去五爷杂货铺买冲天炮满天星，埋在雪堆露出长长引线，竹林内争先恐后点燃，惊起迷失方向的麻雀，这场大雪给予清闲与自在，让嘴边抱怨的熟悉环境瞬间陌生，神似武侠剧里那些塞外冰川。

雪落无痕，时闻折竹声，顽皮的脚印很快便被抹去，像极了儿时的记忆，总是模糊又清晰。

不能通车，意味着同镇上的亲友无法如往年般串门拜年，徐芳只得与无车可乘滞留在家的儿子相伴，松毛引火，烧起火塘来，橘子、红薯、鲜橙、鸭梨皆是能迅速增进距离的食物，用铁钳夹起放在火塘边缘熏烤，儿子小时候发明的吃法，不知他还记不记得，正自回想，坐在火塘边的儿子打起连串喷嚏，徐芳夹出烤到变色的鸭梨顺势递去。

家人闲坐灯火可亲，徐芳看着被鸭梨烫到直摆手的儿子，同年幼相比并没有太多变化，无非是亲友提起时愈发延长的后缀，没爸的孩子早当家，儿子年纪轻轻实现体制内二连跳，当妈的理应欣慰。

春夏秋冬又一春，多少年一打眼便成为过去式，欣慰逐年递增为心慌。

与之相比，母子俩相聚交谈的时间却在逐年递减，用儿子的话说，和您聊天就像倒时差，总不在一个时区内！摔门而去的儿子已无需等候班车，驾驶其新买的豪车回城，留给自己一长串尾气。

徐芳厌烦这四个轮子的庞然大物，看着光鲜，喷出来的乌烟瘴气弄脏了本应无瑕的雪景。

白雪如故，那碗熬到烂熟于心的砂锅煲，不知儿子何时才有机会回家品尝。

　　工作不到十五年完成三连跳的他，因收受贿赂被群众联名举报，徐芳问过前来调查的相关人员，最终判多久要待法庭裁决。

　　文火，收汁，多一分都是云泥之别的差错，自己每年把砂锅煲端到饭桌前都会念叨再三的话，官场上左右逢源的儿子怎会悟不透言外之意。

　　难不成，彼此真隔着一道无形的时差？

　　闹钟响起，约定好去探望儿子的时间，徐芳竟再熬制不出曾经的味道。

　　收汁，差的就在分毫之间。

◀ 孬 生

冬至见了面，一天长一线。

长在哪儿呢？

东至不晓得，他是那种一竿子下去都打不出俩屁的庄稼人，面对晓静的突然发问，东至打出的只有哈哈。

哈哈落在刚擦拭过一遍的落地窗上，化作实实在在的一团气体。将东至的眼眶映出光来。

亏你还叫东至。晓静别过头去，却别出了一脸的笑意，她的笑脸朝向巨大的落地玻璃。确切点说，是朝着玻璃上那团雾气形状的小婴儿。

你啥时候偷画的？

这下，轮到东至别过头了，按时下兴起的说法，此际东至的内心傲娇着呢，任你百般好话，好话百般，爷就是不说。

不消说，还得使老法子。

思忖着，晓静将手上大袋大袋的东西放到旁边座椅上，呈网状摊开，冬天的不好在顷刻间，在晓静瑟缩的动作里暴露无遗。

不好，说穿了就是坏，但陆石桥人的习惯是嘴上不挂坏字，和年三十晚上灯亮亮一年属一个道理。

也算迷信的一种吧。

费了老半天劲，晓静才算把家伙给薅了出来，烟盒蜷成一团，拜长时间的赶路，路途中的颠簸所赐，没断就行，晓静瑟缩着将烟点燃，递到同样颤抖的东至手中。

东至吸下一大口。

一大口后，落地窗前的两张脸再次重叠，两个微笑，叠加为一个微笑。

别抽这么猛，对宝宝不好！凑近了，东至才发现劝诫自己的晓静的脸庞惨淡如月光。是白月光，令人生畏的拂过，令冬天的大地上觉察不出一丝暖意。

或者说，是白月光把土地里仅存的温暖给偷走了。

医生的脸，恰似白月光！

医生是从那扇门里缓缓步出的，步伐慢得出奇，东至甚至注意到，医生靠近自己时，推了推镜框。

借一步说话？

晓静注意到，借一步说话后的东至从诊室出来时，浑身的力气，像是给医生借走了，一双眼暗淡得，看不到边际。

癌生，癌生！是癌生。

误生？难道咱们误了生孩子的最佳时期，可，可，我才不到三十的年纪啊。

是——癌——生。

东至拽过晓静护在肚子上的手，一遍遍的，在她手心里写这个字。不是咱理解中那个误，是七日而寤的寤，古话，通俗点解释就是难产。

医生说了，孩子得打掉，他发育得不完整，强行生只会造成难产。

一遍遍地复述，像是自问自答。天咋这么长呢？那天傍晚的落地窗前，晓静出奇地没有流泪，只留下这句话，和那张清冷如月的脸庞。

是啊，天咋这么长呢？

烟啪的灭掉，在追问中，回忆戛然而止，东至还是那个东至。除了动作越发不利索之外，似乎没什么不同。他伸出手去擦拭置于桌前的方形玻璃框，唯一不同的是，玻璃框中的晓静依然年轻。

本该是幸福的晚年呀！的确，在预想中，和晓静一起去孤儿院领养的女儿豆豆，应该为他们的晚年带来幸福和满足，那天，夫妻二人料理完医院的事，便把全部的爱搁置于豆豆身上，并幻想着长大后的豆豆能知事。

这年头，不求儿女养老，好好读书，好好工作就对得起父母了。

命运却再一次难了产，不是寤生么？豆豆的生母找上门来，东至气得跑去孤儿院理论，但再也找不到当初那个将豆豆递给自己，声称豆豆的母亲生下豆豆后就死于寤生的中间了。

冬至那天，东至准备给家里上把锁，回到家，才发现豆豆不见了。

陆石桥传奇

157

知事了，知道跟亲妈跑了！东至念叨着，倒在冬日的阳光下。

天咋就那么长呢？醒来后的东至嗅到了医院里那股久违的来苏水味道，正要埋怨，一支烟却突然递到了自己嘴边。

豆豆，你？

你还回来干啥！东至是知事的，他看见豆豆的身边站着的那个女人后，语气大变。

哼，自己不争气也要给寙生的晓静争口气！东至思忖着，蜷缩在白床单底下的腰板渐渐挺直。

行了，爸！豆豆边说，边把他挺直的身体给放下去。我妈她不是坏人，再说了，我只是和妈去镇里办个年货，再怎样咱得过年不是？

这可是咱一家四口第一次聚齐过年呢！

年货，四口，一家？

年货，四口，一家！

东至颤抖着，目光对上了同样颤抖着的女人的目光。东至是知事的，知道大过年的哭鼻子不好，要喜庆，更要一年到头，顺顺流流。

别过头去，落地窗前，东至的眼眶亮闪闪的，那是给强行逼回去的寙生的眼泪。

——豆豆知道。

◀ 闪　泡
······················

毛衣起静电。

电焊喷出火弧，直视会弄瞎双眼，短暂的那种瞎，行话叫闪泡。

鬼扯，净拿些谣言糊弄我。春芳嘟起嘴，换来的却是被揪到通红的耳垂。

说过多少回，跟长辈说话少带口味子！

口味子，陆石桥方言中对人言语不敬的意思，刚上五年级的春芳可没发觉自己哪句对人不敬，班上同学都这么讲，没见你揪他们啊，叉着腰的春芳，活脱脱是个小大人相。

少在外头顶嘴，等回去好好治你！黄婷拽起春芳穿过放学浪潮，本该沿胡祠堂巷往东一转就可到屋，却没料想小孩家脾气如说来就来的梅子黄时雨。

把无骨鸡柳先买了再说！一屁股坐在地上的春芳翘起舌头，妈你答应过的。

有吗？

说出去的话就是泼到地上的水，必须兑现，你也不想当女儿的大庭广众之下丢人现眼吧。

学耍赖是不。

谁叫你食言在先的？赖地不起的春芳顺势打起滚，她晓得这是妈妈的软肋，最多三圈黄婷就要举手投降。

小孩衣服易脏，穿上身后便再难回到最初挂在橱窗中亮丽的模样，如同散落旧年的记忆，如何擦拭都抹不去那似是而非的弧光。

幸好无骨鸡柳只是上周的事情，承诺尚在保质期，稍加思索就能想起，站在炸串推车前的春芳，嘴巴长得老大，涎水随时会滴到袖口。

哪像五年级的学生，没点闺女形。

滋啦滋啦，方形炸锅内泛起金黄的油花。

待油锅冒泡，抓两把裹满面包糠的肉条放入，根本不消过秤，熟能生巧，沿海叔天生伸不直的右手比秤还准，五块钱一份的鸡柳卖了大半辈子，闭眼都难出错。

心里默数两分钟，抄起漏勺将炸到外焦里嫩的鸡柳捞出，佐以小料即可。

虽说千人千面，众口却也可调，春芳最爱甘梅味，末了在巴掌大的纸袋口挤满番茄沙司。

沿海叔，你见过大海吗？

哪有空去哦。

沿海叔，你这右手天底下找不出第二个咧，一根竹签就行，我妈不爱吃垃圾食品，她翘着舌头跑远，留下黄婷在推车旁向沿海叔道歉。

我妈有两副嘴脸！春芳拿竹签在纸袋中戳来戳去，沾满番茄酱的面孔像极了电视里戴着红鼻头的小丑。

一锅油前前后后用过多少回你晓得？

春芳不语，攥紧手头被油水浸透的方形纸袋，甩开身后碎碎念的老妈，跟随收摊的沿海叔朝胡祠堂巷大步流星奔去。

晚了可见不到火树银花的戏法！

紧赶慢赶总算抵达，说戏法只是小孩家无知的表现，先前还在校门外烹制美食的沿海叔，转身就蹲在地坑下，举起黑铁制成的面罩，伸不直的右手抓起一根焊条对准卡车底部发射光波，多神奇啊，刺眼的光芒着实吸引大伙。

连路过修车的司机都纳起闷，掐灭衔在嘴边的土匪烟从驾驶室跳出，站在一帮手握竹签的娃娃头后，嗅到阵阵浓烈的鸡排香味，肚子咕咕叫出声来。

就这？报以看热闹不嫌事大的司机往往败兴而归，电焊有什么好瞧的，直视会闪泡的。

闪瞎你的双眼，这句话的出场应该与电焊有关，眼睛在陆石桥还有种叫法，眼泡。

没办法，小孩就喜欢花里胡哨的东西，木桩般杵在原地不动，生怕错过火弧喷射的瞬间，三句好话顶不过一嘴巴，家长们紧随其后而来，各自拽回家去。

强制手段通常管不到二十四小时，明日复明日，打骂完电焊照旧得看，明日何其多，对于拿鹅卵石抓子，玻璃珠对战，笔筒里塞上纸做的箭用嘴吹出的孩童来说，四溅的火花实在是不可多得的视觉盛宴。

曾经年少爱追梦，一心只想往前飞的他们岂能料到，人体也有保质期，就像长期行驶的卡车，零件总会磨损。

事情发生在春芳小升初最为关键那年，爸妈回老屋走亲戚，交代她记得把冰箱里饭菜热了吃，好不快活的一晚，春芳扔下爸妈的千叮咛万嘱咐，哼着得意的笑，我得意的笑，笑看红尘永不老……往沿海叔的汽修铺子跑去，熟悉的油炸香气飘来，明明吃过晚饭，却还是勾起肚皮下的馋虫。

等爸妈深夜推开家门，喧闹的电视机前倒躺着气若游丝的春芳，左手紧握半袋没封口的无骨鸡柳，平日嘴不饶人的她，舌头翘在牙齿边上，妥妥食物中毒的征兆。

所幸送医及时有惊无险。

打那以后就没吃过无骨鸡柳？

何止无骨鸡柳，连带沿海叔都因为食物中毒事件，消失无踪，你别说，油炸食品不卫生，滋味却令人怀念，这些年探店无数都难以寻找回来那舌尖上的依恋。

日落餐厅里，已为人母的春芳同闺蜜秋月正享用美味的海鲜晚宴，往事如昨，就着海风聊起，白天在沙滩上拍的游客照一张张划过。

电焊喷出火弧，直视会闪瞎双眼吗？

手机屏幕上弹出烂大街的震惊体新闻，直接影响到春芳p图的过程，照片糊掉三分之一。

春芳翘起舌头，差点喷出句口味子的她，全然没发觉底片左上角站在沙滩烧烤摊前，酷似沿海叔的身影，那永远也伸不直的右手高高举起，眼帘深处，有晚霞电焊光一般四溅，正覆盖在春芳背上。

闪泡了，莫非？

◀ 伐　桂

福无双至，祸不单行。

二佳临出门前，压根没后悔自己做的决定。

恪守本心有错吗，他可不想依照旁人的意愿过完这一生。

诚然，十三四岁的年纪，谈人生为时尚早。

正值草样年华咧，天天绷着脸干啥？福米笑道，朝他手里塞进一个通体雪白的冰袋，那是五爷小卖部热销的爆款冷饮，其实就是白糖水加了包装而已。

但冰柜总有种神奇的魔力，当糖水冻结为硬邦邦的固体，滋味似乎也发生了变化。

陆石桥畔的孩子总喜欢大口嚼它。

五毛钱两袋，消暑又解馋，实乃居家旅行必备之用品。福米双手拧动含在嘴里的冰袋，日光落在发白的牙花上。

昔我往矣，杨柳依依！

福米边念边晃悠起脑袋，刚被爹妈捉去细明理发摊剪完的头皮光光溜溜，只剩下顶额那撮火把似的黑发予以点缀，不消多说，必是福米的主意。

要知道，暑期档各大电视台黄金档轮流播放的神话剧孩子王，可是让红孩儿扎扎实实走进街头巷尾，成为所有娃娃的偶像。

吃东西都不耽误你小子背课文啊！二佳接过冰袋同样大口吮吸起来，神气个啥，与此同时，汗水顺眉心滑到鼻尖。

夏练三伏，虽未到正午，阳光已颇有些刺眼，坐在陆石河畔的俩人被层层热浪包裹，手里的冰袋禁不住高温暴晒，化的比吃的速度还要快。

二佳一急，浑身热汗直往外冒，入口的美味尽皆消散无形。

慌啥啊！天塌下来都有个高的人顶着。福米起身，不再捉青蛙玩，反倒是在河滩捡了块石子朝水面掷去。

一,二,三，水漂连续泛滥，本该风平浪静的河面漾起层层波澜。

怕什么，你小子总爱把事太压心里，不就是想学体育吗，跟家里人讲清楚就好。

要真这么简单就万事大吉咯。

二佳合手，掌心中的冰袋已被揉搓成皱巴巴的一团，他们根本不会给你开口的机会，大人永远都站在居高临下的视角看待问题。

你给我老老实实把文化课学好就行，别总想着学体育，练成个四肢发达头脑简单的武夫，真是有辱门楣。

做正事！父母给出的答复异口同声且干脆，没有半分商量的余地。

那就这么僵着？

福米昂头，碧空如洗万里无云，灼眼的日光照不出个正确答案，他知道二佳和自己不同，体育老师讲过，是个好苗子。

玉不琢不成器，好苗也得用心施肥栽培，这是亘古不变的道理。

况且二佳确实对文化课提不起兴趣，倒不如早做打算。输在起跑线不可怕，最痛心的是上错了赛道。

小孩家家懂个锤子！福米也没辙，他亲眼看见过二佳珍藏的各式球拍及跑鞋被扔进垃圾堆的场景，知兄莫若弟，那都是年年压岁钱加上平时生活费偷攒出来的啊。

得少吃好多辣条和冰袋咧。

净惦记吃！二佳抬手，将揉到发皱的冰袋往半空甩去，可惜塑胶不等同于折纸，缺失了惯性未能如纸飞机般驶向远方，或许天不遂人愿才是世间常态。

有风吹过，森森水气由陆石河畔飘至面庞，迷茫凝固成霜复又化汗，顺掌纹纵深处流走。

多简单的道理，怎么就讲不清呢。

讲不清白是命运，能说清的才叫偶然。福米没来由蹦出句话来，倒蛮有哲理。

可惜，大人的世界，小孩永远是小孩，只能跟天真无邪画等号。

还想吃不，我再去五爷店子给你捎点？福米眼望没半点反应的二佳，嘟囔起嘴巴，电视里总说化悲愤为食欲，看来有待考证。

该咋弄？二佳现在怕上体育课，看见老师那壮硕的背影都想掉头走，拿福米略显成熟的语气说，你辜负了别人整整一学期的栽培。

这事就像吴刚伐桂，月光依稀，付出再多到头来只是煞费苦心。

你想好了没？

二佳点头，事已至此他已做好离家出走的准备，以此讨伐父母的独断专行。

择日不如撞日，接过福米递来的零食和一堆五毛钱硬币，就着将至的夜色便匆匆赶路，身后那群不知去向的蜻蜓在落霞中肆意飞舞。

没跑到俩钟头，二佳已上气不接下气，坐在水边乘凉的他嗅到阵阵荷香，才猛然发觉自己没跑出胡祠堂巷。

与此同时，左耳被一双熟悉的大手以似曾相识的力道揪起。

手握电筒的父亲，发出如释重负的爽朗笑声。

就这还要一门心思搞体育，东南西北都分不清，跑了半天仍在桥畔打圈。

宝贝儿子，父母从没反对你投身体育，而是希望你能德智体美劳全方位发展，成为新时代的六边形战士。

战士，六边形？

总之别像伐桂的吴刚那样，成天到晚光晓得出哈力气。

哈，陆石桥俚语中痴傻的意思。

哼，说谁哈呢！二佳蹙起眉头，写满不服的小脸巴望着夜空。

天上，月儿正圆，四野传来蛙声一片。

◀ 染　尘
· · · · · · · · · · · · · · · · · · ·

　　自行车撞开雾气。寒潮来袭，朔风自坡道朝下刮过，压住人群的呼喊与叹息。

　　风从西北边吹来，事先没同老城打过照面，吴远是在天气预报里，隐约窥见端倪。没能精确到县市的预报，使其误认为台风仅仅是存在于电视新闻的产物。殊不知翻过天，自个成了电视新闻中的人。

　　趔趄，慌张，头发在风中凌乱。绕路走，不现实，手表已转过七点，剩不到半小时，便是早自习时间，得赶在上课铃响前入校。

　　庆幸没听老爸的话，提前二十分钟出门，只是没想到，平日畅通无阻的斜坡路，因为狂风而变得寸步难行。

　　手伸过来！不容多想，吴远望着老爸的后颈窝上的肌肉，恐惧自心头蔓延。

　　没做亏心事，不怕鬼敲门，幸好老爸顶风在前，看不见儿子的神情，否则，吴远那档子事逃不过一顿胖揍。

　　我能走！

　　爸，我自个去学校。临出门前，就着尚未退却的夜色，吴远仍不死心，甚至祈求老天爷，家里出点什么乱子，缠住老爸，让他不能顺利送自己上学。

现实却如窗外呼啸而至的北风，扎扎实实落在地上，把心头那点侥幸给吹得灰飞烟灭。再往前移五十步，上了坡便是学校，他晓得，身为班主任的数学老师定然抖着试卷在门口等他。确切说，是等在他的老爸。

尚不知情的老爸，推动自行车拨开晨雾，哼着小曲，朔风里紧紧拽住他手臂。

结局毋庸置疑，早课瞬间切换为放学模式，您的孩子咱可带不了，班上六十个学生，唯独他敢冒名签字，麻烦您带回去自己教育。

心凉掉半截，挨打在所难免。返程路上，吴远顶着老爸沉默的背影发愁，说不怕是假的，耳朵快被揪掉的火辣感至今无法忘怀，人可以不长记性，可肌肉是会生成记忆的。

走快点，老爸的声音由远及近砸进晨雾。

回忆就此定格，吴远的步伐停下，张眼就能望到家门的陆石桥，硬生生给父子二人走了半小时有余，要能像电视里演的那样，时间自此凝固该有多好。

到家，熊字饼，热奶茶，火腿炒萝卜等零食小菜摆放齐整，完美的午餐，他却没了上桌的胆量。

老爸出乎意料地没有动手，吴远方才晓得，挂在嘴边的老字真的起了作用。

做事情得有头有尾，有胆量考那点分，还怕拿回来见人？老爸伸筷敲碗，人不能光要小聪明，吃饭！

往事从来不曾如烟，吴远不再是站在路边吮吸棒棒冰的小孩子。

老爸曾无数次设想，儿子长大后会是什么样子，懂事抑或顽皮，断没料到，考上一级建造师儿子回乡头件事，竟然是联合拆迁办毁掉陆石。

建于抗战年月的陆石桥，经历过 20 世纪那场大洪水，保留着老城人对时间的刻度与记忆，作为木匠出身的他实在不能同儿子的做法。

逆子，当初就不该让你学建筑——站在桥边的他如是说道。

城市改造绝对容不下人的一己私情，何况是一座桥。您站着别动！

咋的，我护桥有理，还翻了天不成？

剑拔弩张之际，六生过来解围。吴叔，小远让您站这别动是为量刻度咧。

都要拆了有啥好量的。

话可不能这么说，找您当参照物，才能把逝去的光阴定格在岁月中，方便日后重建。

重建？

是呀，近年陆石河泥沙积塞，下游河床水质污染严重，生态环境失衡，为拓宽河道，拆除旧桥是不得已为之。您老放心，待到新桥建起时，保管百分之百原汁原味，叔再不信我们，也该信您儿子的本事，国家一级桥梁建造师咧。

啥？轮到老爸震惊，那双数度推动自行车撞开晨雾的臂膀，再次爬到儿子身旁，这回不再同小时般那样揪耳朵，而是搭在儿子肩上。

好小子，原来是这样，嘴巴还挺严实的，都不跟老爸讲一声。这小聪明，要得深得我心。

◀ 托 起

点外卖五年没给过差评，孟晓云自认应划归好人行列，划开手机，菜品琳琅满目，连续数页都加载不到尽头。

吃什么俨然成为一道难度系数十星级的学术题，且没有标准答案。

这也需要思考？

妻子瘫软在沙发上，忙完一天工作的她显然懒得参与其中，像个爷们行吗，在你身上看不到半点决断力。孟晓云朝沙发望去，没做任何回应，回应意味着事态升级，可不争气的肚皮偏生不识时务地叽咕作响起来，更加佐证了妻子的话，自己确实不够杀伐果断，跟爷们身份相去甚远。

一念及此，孟晓云便躲进回忆的碎片中翻起旧账，妻子上回发出类似的抱怨在毕业后，两人打着试爱的由头同居，妻子娇嗔要公主抱时，他耗尽吃奶的劲儿才将其拦腰托起。

看仔细了，托起，不是抱起。

行不行啊，你到底？妻子随口那句诘问成为梦魇般的记忆，浑身冒汗的孟晓云甚至开始害怕婚礼，去女方家接亲抱新娘称得上必备环节，中途出丑背的就是半辈子笑柄。

孟晓云可不想在陆石桥畔的谈资里负重前行。

万幸，妻子同样是怕麻烦的性格，一切仪式从简，结婚嘛，讲到头无非是俩人搭伙过日子，日子并非过给旁人看的。

这点上两人步调难得的一致。

躲在餐桌边的孟晓云忍不住再看眼妻子，特殊角度令正在翻手机的她双下巴格外突出，逐渐圆润的面庞，不再纤瘦的腰肢，以及木然的表情，何时发生的变化？

街灯亮起，从飘窗望去陆石河两岸的建筑正被夜色蚕食。

划开手机的孟晓云，依旧不知如何下手，上一秒令他垂涎欲滴的菜品，多看两眼后就再无光泽。

人，面临太多选择才会犹豫。

犹豫是因为各类诱惑太丰富。

他想起小时候的大屁股电视，把机顶天线扯到最长，都只能收两三个台，广告多剧集少仍看得津津有味，世事变迁，一百多个台标的数字电视亦被时代抛弃，人均一台手机，换来的却是再无万人空巷，抱碗追剧的疯狂场面。

能比吗，从前的日子缺衣少食，更别提精神食粮，现如今穿衣不重样，一日三餐水平较春节有过之无不及，胃口都刁得很！

刁，陆石桥俚语中挑的意思。

吃什么不是吃，孟晓云清楚，妻子纯粹借外卖由头发火，对自己的不满积压已久，无奈孟晓云天生就是逆来顺受的家伙，三句话打不出个屁，而女人吵不起架的后果往往是憋在心里，闷出各种妇科疾病来。

正如爱情的结果，婚后数年她才幡然醒悟，最终得到的竟只剩小腹上那道醒目的疤痕，回首过往，亦是坐月子期间伺候自己吃喝拉撒的丈夫，嫌弃她身体的完美佐证。

嫌归嫌，表面尊重仍然重要，世上最会佯装的莫过已婚男人，孟晓云的故作镇静尽收眼底，看破不说破也是维系婚姻的重要课题之一。

连孟晓云都能察觉到妻子的激情正在退却，甚至对自己的大力管控也降温许多，鲜少过问彼此的生活。

男人的一半是女人，轮到孟晓云心生警惕，妻子的样貌在他看来确实大不如前，但落到同类眼中仍旧是风韵犹存的典范，那些所谓的同事和老同学，皆是需要排查的隐患。

争吵发生在上周二妻子起床去洗手间时，孟晓云趁这间隙熟练地划开对方手机，不查不知道，微信置顶的联系人竟是他不认识的名字，后缀备注北京，联想到前段时间说可能去北京出差……

待要细究，妻子柔弱的纤手已将证物夺回，平日老干妈都拧不开的她不知哪来的神助。

事出反常必有妖！

孟晓云已经没机会再翻看妻子手机，撂下挑子的妻子十指不沾阳春水，再没与厨房有半点交集。

与之相对则是连吃七天外卖的孟晓云，划开美团就反胃，妻子倒是乐在其中，吧唧着嘴夸真香，像极了大学把外卖当顿吃的自己。

索性乱点一气，外卖到手比预期还要难吃，本就没胃口的孟晓云实在难以忍受，给出人生中首单差评。

不多时，手机便应声响起，听筒那端来势汹汹，叫嚣着威胁孟晓云地址在他手里后果自负。

你丫倒是来啊，手机被妻子夺过，我老公是你随随便便就能吼的，我在家等着，谁不来谁孙子！

挂断电话的妻子喘息逐渐平复，孟晓云瞅准时机递上温水，问道，啥时候练的京片子，乍一听，老炮儿似的。

还不是为了下月同那些京城老炮儿谈生意，你啊能不能让我省省心，像个爷们，一把年纪还等着被女人托起？

孟晓云借坡下驴，把头点到小鸡啄米般。

妻子从冰箱取出鸡蛋和挂面，朝厨房走去。

孟晓云的目光落在愠怒消退的妻子面庞上，竟布满几分人生只若初见的红润。

那时爱情尚未开始，惯常被同学欺负的他总会被这个同样爱吃鸡蛋挂面的女孩生出保护欲。

◀ 作　答
....

对事不对人。

年轻不是借口，犯错受惩罚是员工应负的责任。

笔尖沙沙，投影灯打在椭圆形长桌上，仍旧昏暗的会议室内，照不出个确切答复。

黑色星期一，从厂长拉起窗帘宣布开展自我反省与员工互评开始，海丰便意识到多半会吃不了兜着走。

正自点头的他，口服心不服的模样全挂在稚气未脱的面庞。

该怎么作答，海丰心知肚明，无非是服软认错，可错在何处，拿古装剧中申冤的台词来说，何罪有之，死也要落得青红皂白。

没搞清楚前我绝不会在处罚书上签字，海丰合上笔帽，猛抬眼，与正在记录会议的文员小汪打了个照面。

象征求救的信号，二人心照不宣。

毕竟车间那两百卷防水耗材装错车发货，说破天自己都撇不下关系，海丰私下敲过计算器，自黏性防水耗材市场价单件六十，按照成本都要得四十，整整八千块钱，相当于俩月白干。

所谓自我反省，全员互评，到头才发觉真正挨批的只有海丰一人，早知如此，何必来这鸟不生蛋的上班。

想当初辞去光鲜的办公室工作，跑来位于陆石桥西郊的工厂，

陆石桥传奇

图的无非是高薪，海丰提前做过心理建设，进厂等同与亮丽的生活画上句号，取而代之的则是由机器带来的轰鸣，永无止境。

当然，外界看待自己的目光也会发生变化，若非经济压力所迫，谁愿意做低人一等的工作。

进厂快三月，朋友问起，海丰仍旧会随口找话题搪塞，以至于杂念丛生，回落到车间忙活时，手头工夫难免会比同事慢些，每晚放工走到贴在西门处的业绩单时，必须低头穿过。

别人负责的生产线都能出三百多卷防水胶筒，唯有海丰稳居榜尾，产量在两位数徘徊，少得可怜。

可怜之人必有可恨之处，厂长说他心不在焉，不是没有道理。

磨里磨气的，生产线上坐着半天不动，跟个三岁小孩一样！厂长哑完剩余茶水，玻璃杯被他大力掼回桌面，海丰给批到不敢抬头，眼神在攥紧的指缝间游离。

磨，陆石桥俚语中行事痴傻的意思。

海丰不傻，无非是要加快速度，化悲愤为力量的他，紧赶慢赶总算摆脱榜尾，成功踏入三位数产能。

好景不长，海丰正沾沾自喜，客户那边竟传来投诉的消息，细究之下才发觉他把生产订单上的数字看错，9.8 米 SBS 防水耗材，硬生生做成 9.9 米。

失之毫厘谬以千里，到工地拆开包装，所有产品完全不匹配，怎么使用，按照车间管理制度，这批耗材应由出错者买单。

丢脸丢大发了，拿到处罚告知书的海丰一是羞愧，二则不服，为了钱拉下面子来厂里上班，好容易赚点如今却要全搭进去，做慈善呢。

要不待会再讨论这事，先进下一环节？

厂长摆手，明确拒绝文员汪姐的提议，做企业不是请客吃饭，没必要跳出来帮忙当和事佬，咱们就事论事。

每次开会都讲过留意细节，咋就不往心里头去！

说得跟大家永远不犯错一样。海丰被怒气冲破了理智，人都是有尊严的，我拿工资充其量表示为你工作而已，一通回怼，厂长哑口无言。

行，你要真能揪出别人的问题，处罚书签字免了，发错货的事一笔勾销，这作答够不够满意。

等的就是这句话，回到车间的海丰手头忙活不断，眼睛在四条生产线上打转，打了鸡血的样子。

我就说嘛，挨挨批还是有效果的。办公室内，厂长接过文员小汪递来的员工入职登记表，翻到海丰那页扑哧笑出声来，一看就是刚出社会没多久，稚气未脱的小孩字体，哪会沾染记仇的陋习。

犯犯错挺好，长点记性免得再有下次，现在年轻娃娃能坏到哪儿去，小汪你这回可是以小人之心度君子之腹了，瞅瞅海丰现在工作多积极，四条产线来回跑。

小汪顺手朝监控望去，确如厂长所言，海丰状态明显提升许多。

无人知晓，车间机器今晚放工后便会瘫痪坏掉。

就事论事？眼见才为实，我倒要看看错出在别人身上时你会不会一视同仁，让他在罚单上签字！

瞅准时机，海丰将早会时紧握于手心的中性笔偷偷塞到高码率运行的生产线里，速度之快堪称天衣无缝，站在近处方能听见笔头划破机床塑胶履带的闷响。

笔尖沙沙，他十分好奇厂长会如何作答。

作答他的，是心肺突地一颤，被什么东西划穿了似的。

◀ 虚　焦

慧极必反。

四顺临到现场，才发觉没带相机指南。

刚到手的新家伙事，不会用属常态，外人却不这么认为，作为陆石桥畔为数不多的摄影师，四顺称第二，没人敢叫嚣自己第一。

并非盲目自信，而是经年累月地拍摄所带来的底气。

腰板子硬着咧！

话别说太满，杯水终有溢出时，四顺摸了摸摄影师包，精神头一下子卸了大半。

崭新的相机躺在其间。

镜头膜没撕，在伸手不见五指的黑暗里仍放着亮光。

搁时兴的话讲，待会但凡出点差错，都是装 X 失败的成果。

想在陆石桥畔靠这手艺吃饭？

难。

四顺并不接受自己犯此类低级错误，和主家寒暄一阵，故作镇静的迈开小碎步朝停车场奔去，抱着或许落在后备厢的侥幸心理。

空空如也是其必将面对的结局。

他下意识打开同城闪送，希望能有骑手接单，待真正发单后，四顺才发觉自己处在本末倒置的十字路口，连自己都不晓得说明书放哪儿，指望人家去哪给你闪送。

闪人还差不多。

索性放下手机，重返酒店二楼会客大厅，毕竟除去自己，城北城南没人会玩相机。

更别提谁懂行。

装装样子兴许能熬过去。

焦虑过头的他，未曾想过这等同于痴人说梦，收人钱财与人消灾，起初就拍不出好照片来，后期拿什么交差，更何况四顺面对的是婚礼。

一对新人，此生仅此一次的喜庆时刻。

缓步上楼，年幼犯了错事，即将面对家长的场景再度重演，深呼吸，连吞三大口氧气照样无济于事。

短短两层楼梯，他不止一次想要逃离。

成年后的世界，没有选择可言，面对困难解决问题才是唯一途径。

冲进洗手间以凉水泼面，脸色因晕热而潮红的四顺，对镜整理好仪容，又躲进里边拨弄起相机，全英文的字母印刻在转轮上。

四顺瞳孔中再也寻不到热爱的痕迹，崭新的相机带给他的并非新鲜感与多巴胺分泌，而是惊魂未定的虚脱。

能拍。

不代表能拍好。

相机之所以赶不上手机风靡的原因，一是其高昂的售价，二是过高的门槛。

把这玩意研究透，需要投入学习成本。

多数人无法理解，认为设备足够先进就能拍出好看的照片，那叫外行看热闹，回到转动波轮的当下，躲在洗手间的他，根本不敢理会手机里那堆未接电话。

滥竽充数的后果，四顺比谁都清楚。

直接关系到今后能否在陆石桥畔立足，丢面子事小，养家糊口事大。

跟拍一场婚礼，往低了说都是五千起步，比坐写字楼的白领还赚得多咧，又吃又拿，主人家一口一个老师把你捧着，放眼望去，哪能寻到这好的差事。

儿子不爱搞学习，半点问题没有，大不了以后跟我钻研摄影，指不定成艺术家了呢。

瞧把你能的，鬼艺术家，少给我整鬼花样！

妻子的话犹在耳畔，曾经的调笑成了近在眼前的警钟。

随便拍拍？

帮忙在家中翻箱倒柜的死党六生，于语音那端止不住牢骚，话头如同炸线的被单，一开始冒出毫厘，手痒忍不住去扯动，再回看时却惊觉事态难以复原。

彼时彼刻，正如此时此刻。

不能困守原地，他已听见主家派人四处寻找的声音，杀人不过头点地，像男人一样昂首阔步走出去，能奈我何。

强行灌注的勇气，迫使其迈步向前，取下镜头保护盖，双手托起机身，装作熟练地拧动波轮。

无论如何操作，镜头里燕尔新人总是没法聚焦，拍一张糊一张，有几分雾里看花的既视感。

罢了，事已至此还虚个什么，权当最后一顿晚餐，咱离开摄影界也得走得风光八面。

一念及此，咔嚓声不绝于耳。

交付图集的时间在三星期后，四顺万万没想到，事情会从陆石桥畔延伸至互联网，毕竟打交完差后，他就没睡过安生觉，睡眠质量直线下滑。

给手机消息惊醒的四顺，发觉自己抖音小红书及各大社交媒体都已塞爆私信，用一句过时的话形容，他遭遇人肉了。

且肉得极度彻底。

在热搜上，他被冠以虚焦艺术家的称号，点开那些对不上焦点的照片评论区，居然出现大量以"虚焦的美好"为相关词条的话题，网友纷纷跟帖，表示要请虚焦艺术家拍照。

虚焦？艺术家？

四顺揉揉尚未清醒的脑壳，一时间分不清虚实真假。

只剩太多新词以弹幕的形式在对不上焦的眼中交替闪烁。

◀ 塌　代

客走主人安。

四顺放下茶杯，由长吁切换为断叹。

叹的是气伤的是心，他从没想过女儿会骗自己，或者说，在他眼里一直没长大的娇娇宝贝已到了出口扯谎的年纪。

跪下！

当客人面的四顺始终拉不下那张老脸，人活一世图的不就是个面子，所谓家事，便是不足以为外人道的里子。

显然，里里外外已被看破。

你啊你，退一万步讲也不该笨到让人捉现行，平时张口闭口的高智商都给扔到陆石河底了，亏得五爷还说你满脑子小聪明，当真没塌好代啊，枉我聪明一世。

塌代，陆石桥俚语中意指传承。

雪云低下头去，绯红的面庞上挂起两行泪滴。

多大人还掉金豆子。四顺端起泡满灌茶叶的搪瓷杯，待到嘴边复又放下。

咋这么不识相。

隔着大红色杯盖，四顺的眼角瞥向前来告状的玉平，这倒插门来陆石桥畔的老女婿脾性他算是领教到了，真是大伙口中形容的比麻将子还板正。

咋就听不懂言外之音咧。

关起门来管教自己女儿的家事，岂容旁人观摩，喝完茶屁股还坐得那么服帖，像被 502 粘死一样，等续杯啊。

我家可不是星巴克。

坦白从宽抗拒从严，四顺清清嗓子，把你偷摸抽烟的事一五一十交代清楚，不然别想有好果子吃！

一言至此，玉平才如梦初醒般放下手中搪瓷杯，抹去挂在嘴边的茶叶沫，向四顺挥手道别。

晚饭火已在烧了，待会咱高低喝两口。

轻飘飘的话语落到庭院中央，缺少中气的声响，所谓客套莫过于此，雪云的双眸里再无亮色，像课本写的那样，真正的暴风雨才刚刚开始。

说，烟从哪来的，少糊弄我是在你五爷爷店里买的，他老人家从不做这种毒害小孩的事。

校门口呗，雪云噘起嘴，满脸委屈的模样。

那外地人开的小卖部啥都卖，你们大人不晓得而已，烟拆开按根兜售，一根一块钱，还有男生在隔间里买刀咧，带弹簧那种，课间操时偷偷拿出来炫耀，别提多威风。

此话当真？

跪着还能扯谎不成，该说不该说的都全盘交代了，能不能让我起来缓缓，腿麻。

想得美！话虽如此，为人父母岂有不心疼骨肉的。滚到房里做作业去，不写完不准吃晚饭。

四顺吼完，目光停在断成几节的香烟上，往小了说管好自家事就行，女儿今后不再碰便好，但往大了想环境会影响人，各人自扫门前雪始终治标不治本。

尚不谈尼古丁对肺部的危害，正发育的身体是否经得起烟雾缭绕的侵袭，四顺眉头紧锁，双掌团成沙包大的拳头，似在遭遇一场突如其来的暴风雪。

没王法了，之前就听雪云说这店子卖盗版教辅，买回来写到一半缺页！

站在县门坡前的六生意识到问题的棘手性，捉贼捉赃，难就难在这儿，小孩经不起吓，换咱们进去买刀买烟看着就假，必须找到万全之策才能行动。

抬头，校门近在咫尺，晚自习后的人潮把小卖部拥挤到水泄不通，嘴里嚼着干脆面，手握碳酸饮料的孩子比比皆是。

急不得，六生拽住四顺衣角，你现在冲过去只会竹篮打水一场空。

时间分秒流逝，明明是数九隆冬天，四顺的额头竟冒出阵阵冷汗，清风徐来，捎带着陆石河畔的森森水汽，时光如水却回答不了人世的问题。

莫急！

六生的劝诫仍在耳边回荡，可为了女儿的未来，冲动一把又算什么，顶天跟那老板打上一架，捉贼捉赃，急红眼的四顺打开手机录像便朝小卖部杀去。

出乎意料，老板的态度居然在可接受范围内，打探再三更没有女儿口中兜售弹簧刀的隔间，道高一尺魔高一丈，难不成别人未卜先知叫自己扑了个空？

你是雪云的家长吧，我正要找你。

正自思忖中店老板率先出手，四顺接过那本写有女儿名字的字帖，照其所示翻到折角的空缺页面，再仔细辨别，胶缝处还能看见没撕干净的痕迹。

也不晓得塌谁的代，您的宝贝女儿就是拿这本字帖四处散布我贩卖盗版的谣言，靠满嘴小聪明糊弄人。

我不是本地人更不懂陆石桥方言的含义，塌代塌代，呵呵，依我看是塌掉的一代吧。

冲动是魔鬼！

六生的劝解犹在耳畔，四顺却再也压制不住血脉偾张的情绪，踉踉跄跄朝来时路走去。

满脑子小聪明的雪云不知能否料到自己即将面对的结局。

◀ 顺 风

杀猪邀邻里喝热骨汤，陆石桥的习俗。

赵祥家的骨汤，凉。

没有女眷的因故，母亲过世后，赵家的天，父亲撑起多半，赵祥操持小半。

同理，缺失了女性角色的青砖绿瓦下，父子鲜少交谈，默契却是足够，有条不紊处理起家中各样琐事来，赵祥无师自通。

比如年末的烧滚水杀年猪。年猪，是一年到头的喜气与盼头，养在圈中，夜夜乱哼哼的肥猪，此时此刻便不单单再是头猪那么简单，吃了多少猪草，拌了多少饲料，消耗多少精力，哪一样不是力气钞票换来。

要值回这些血汗钱。

圈中躺着的肥猪，知道自己大限将至，再凉的风吹过门槛都不再哼哼，漫长幽邃的黑夜，少了活物的叫唤，两个人的日子愈发冷清。幸好，过了腊八便是年，陆石桥畔各家庭院的红砖烟囱吞吐出阵阵轻烟，给冬雾团团围住，缓缓飞升入空。

年关近至之味，就在轻烟中袅散开来。

鸡鸣穿透桥左岸青砖绿瓦的院落，赵祥给父亲捏住圆脸，极不情愿离开尚有余温的被窝。

窗外，已有轻舟泛起，腊八过，年猪出圈入滚锅，得琢磨杀年猪的事项了。

昨日午后，抽过一袋烟的父亲望向邻家院墙，恍了神。

非得挑年末？不就杀个猪么。

年猪年猪，图的是个喜庆吉祥，田间地头热汗冷雨挥洒过秋冬春夏，往复循环的生活总要有点颜色调剂，千门万户曈曈日，总把新桃换旧符，古人讲活色生香，饭桌上没点色彩，咋对得起三百多天的辛苦付出。

曈曈日，换旧符，桃树开花像还早咧，哪来的桃？

等学到这篇课文就晓得爸在讲啥，你呀，赶明多吃点顺风，长记性。

赵祥刚洗过的头给父亲轻轻搓动，午后日光里，满是洗发水飘散的香气。

同然，杀猪也得挑正午动手，说午后，其实赶早就要忙活，天没亮的工夫，打开圈门，将猪捆出，平常人家，运上车拖走，待天光大亮肉是肉骨是骨拖回即可。但赵祥家啥条件，无须多言，陆石桥有不成文的规矩，杀猪师傅习惯在每头猪身上落一刀内脏留给自己，他家可落不得。

是以，赵祥家的年猪，得将师傅请到家中，于院门外清早支起炉火，待水沸腾时㧟起来，用麻袋罩上，迅速加水加柴赶烧下一锅。

第二锅水大肆翻滚时，张良拨开烟雾前来。这面子给得足，张良的暴躁脾气在陆石河岸出了名的，两家之前因为地角问题生过嫌隙，若非请不到别家师傅到场，赵祥父亲才不会到隔壁请他。

相当于低了架子。

张良的手艺值得低这个架子，从来都是一刀刺中猪的心脏，补刀在张良这没有先例。白刀子进红刀子出，猪一声吼叫没出喉咙，满腔热血已喷薄而出，早有帮忙的人了端着血盆候着。放完血，猪被放入开水沸烫，半刻钟到，持镊刮毛，往后就见真章了，张良由破开的猪蹄口子给猪体内灌气，然后吊起来开膛破肚。

两个钟头功夫，张良的活计告一段落，面盆打水，递上热毛巾擦手，钱在请时已支付过。

剩下的事就简单了，穷人孩子早当家，父亲一介粗人，操不动厨房的心，便学那庖丁解牛，将整整齐齐大小各异的肉摆在蛇皮袋裁开铺就的地上，此时，邻里帮手已处理好院外杂事，或打牌，或帮着腌肉，家长里短中打发了这些活计。

大锅骨汤已突突跳着，把香气送进每个人鼻子。

守着大锅熬骨汤，刮着姜蒜的赵祥却猛地发现，一对猪顺风（耳朵）不见了踪影。

下猪头时还在的，不应该呀。

再倒回去想，良叔是除自己外，唯一接触过顺风的人，所有的嫌疑点聚为光束，折射回赵祥愤懑的眼。

没有顺风的年猪宴，日子还怎么顺风顺水？睁大眼睛叫邻里看笑话。

咋弄咧？急也没用，爸你先出去陪大家打牌。

赵祥伸手揩汗，风一般溜到隔壁。宴席开桌时，通红的桌面上居然满满当当，除了排骨汤稍凉一点，哪盘硬菜都不差。面对满脸疑惑的父亲，他选择将故事放在心底。

尽管他知道这把戏，瞒不过父亲那多出来的半生阅历。

咱做人，要图个安生本分……

父亲拎出因忙乱而遗在厨房角落的顺风，完好无损的猪顺风。

父亲的诘问犹雷声砸落心尖，裹挟片片云雨，赵祥正待辩解，却被凭空出现的声音压住。

回头，竟是良叔。

老赵，可别误会咱大侄，那块顺风是我当长辈的送他，大过年的，不就图喜庆，顺风顺水一脚由往日跨入新朝，趁灶上有余火，咱哥俩顺便碰上两杯？不待父亲回答，张良话锋转到赵祥名下，叔今儿教教你如何爆出最美味的顺风，尝过后保管你忘不掉。

赵祥回头巴望父亲，捏起他小耳朵的父亲，放心地把他送到另一张粗糙有力的掌心深处。料想当初，张良追求待字闺中的绣春时，就是靠一盘爆炒顺风博得芳心，谈婚论嫁才发觉二人八字不合，卡在那年腊八断了关系。

绣春，赵祥母亲的小名，鲜少有人记得。

唤过这名字的人，两鬓亦早渡过陆石桥畔的春风冬雪，年复一年化作斑白霜迹。

来，碰一个！余生顺风顺水。

四只酒杯于小方桌上安置稳当，杯身正对向爆炒顺风那头父子两面圆脸。

圆脸七分财，不富也暖宅，绣春在时常这么念叨。

这第一杯顺风酒，该本应该在场的绣春喝。

◀ 甜 牙
....

　　三句好话，不如一嘴巴！店老板拎着晓波的衣领，等你班主任来，交份检讨再走！

　　语气生硬且干脆，手作势扬起，大嘴巴随时会抽上来，老板的怒火处于一点就燃状态。

　　事态超出掌控，怪智伟，一脚踩碎窗玻璃，闹出这么大声响。

　　任我们的脑瓜如何超速运转，都没个合理的解释。总不能合盘托出是周三晚自习，坐在教室后排的大伙，效仿着港片誓师结盟，顶着电影中大哥小弟的绰号，在晓波倡议下于毕业前夕干一票吧。

　　而今，附和声最大的智伟早不见踪影，多半趁乱躲了进去。

　　十分钟后人潮将会退却，教学楼一层角落电铃响起，先前围观的家伙们全踩点冲回教室。

　　没意思。

　　晓波朝店门外使眼色，隔着花花绿绿的零食包装袋，我同他过了过眼，目光所至尽是闪电，谁是真兄弟，显而易见。

只有我能读懂他的闪烁其词，晓波聪明，眼神中透出的意思很明确，兄弟们先走，他找机会开溜。

钱，暂时放在身上，晓波还没说用途在哪儿。

告知其意后，大伙转身便走，差生不存在规规矩矩上课，拉肚子跑厕所，随便找个理由搪塞老师，轻而易举的事，比偷东西简单。我招呼祥虎等人去操场后头的花坛坐下，智伟跟了过来，不知从哪个角落窜出，手里还提着盒麦芽糖。

怂包，迷昏了脑壳吧，多大了还吃糖，不怕甜掉牙齿！

你爸虽以杀猪为生，也跟刀光打半辈子交道，咋生出这没出息的崽儿，要不是贪图这盒破糖，至于闹出那么大动静？我对着智伟就是一记飞踢，比想象中猛，应声倒地的智伟拍拍身上的灰，露出满脸欢笑。

自家兄弟动啥手，祥虎朝我吼。

论辈分，咱们都得喊智伟爸一声叔，重感情讲义气是他家祖训呢，陆石河畔从小玩到大的伙伴，他什么性格你又不是不晓得，也并非故意的！说道许久，祥虎才把我暴脾气浇熄。

可惜了咱们的计划。

唯一值得庆幸的，钱还在手头，不枉一行人冒着给老师发现的风险，趁学校午休时，打后门偷偷跑出翻到小卖店里，连续半学期的踩点，早摸准了老板下班后只锁门不关窗户的规律，那年月的校园，还没有普及摄像头。

痴迷香港电影的我们，为了弄到人生第一桶金，玩了把铤而走险。

时隔多年，我仍然忘不掉大把红蓝相间的票子攥在手心的触觉，厚重且躁动，那种莫名的堪称死里逃生的刺激，直到我去省城上大学，初次坐上过山车时，方才再度领略。

难免，记起初中的小卖店惊魂一幕。那片被智伟一脚踩碎的玻璃，默然消逝在晚风中。

如今的校园，校外人员不得入内，校内小卖店业已全部关停，全然没了当年的乐趣，物是人非事事休，一起哼过歌的花坛小径夕阳犹在，倒映在河边树荫下，再见不到昔日光景，唯有鱼儿徜徉水中，努力维持着几许故时面貌。

让人甚至怀疑，当初的一切是否发生。

翻看好友列表遍寻往事的踪迹，才想起上大学后，已主动删去当年拉帮结派的所谓兄弟，内心深处，那三年我向来不报以认同，如果不跟他们混日子，或许家境贫寒的我能顺利升到普高，念所更好的大学，不至于混成现在这副德行。

时间教会我们算计，归根结底，又非岁月的问题。

毕业快五年，两手空空回到陆石河畔，拿着家里的钱开了家小店，专营做喜事用的糖果。

晓波的到来，属意料之外，当年的伙伴转眼都到了结婚的年纪。

利可以薄，感情不能薄，给你打个六折吧！尽管心里不情愿，嘴上还是挂着所谓的兄弟情谊，店面虽小，脸面得大。

还是你小子讲义气，当年的事我都没当你面说声谢谢。

缘何谢起？

都学会故作潇洒了，晓波挥拳砸到我肩上，毕业那晚偷小卖店零钱，给老板逮住，看着天黑放学，是智伟拿钱来赎我，他亲口说是你给的，我可没记错。

　　晓得我喜欢甜食，还特地托智伟顺了盒麦芽糖，知我莫若兄弟你啊！晓波感慨，当年帮咱解这么大一围，这些年总想着啥时兄弟有缘再聚。

　　来啊，发啥呆，先吃一把喜糖甜甜牙！

　　晓波从付款的喜糖中抓出一把，塞了我一个趔趄，差点应声倒地，我笑出满脸歉意，智伟的翻版。

◀ 短　波

一二三丢手绢，四五六抓石子。

抓子，顾名思义，抓石头做的子，建筑工地外废弃的花岗石边角料为子中上品，需以水泥地打磨光滑，抓起来方贴合掌心。

陆石河南岸就不错，大片滩涂地临水，仔细翻找，沙粒中不时能刨出令人惊喜的掌中之物。

语病！我得纠正你，这玩意可并非能给每个人带来惊喜，确切地说，只有孩子才把石子当宝贝，又不是钻石。小宋跷起二郎腿，不屑全写在眼角。

快过端午了，少置气。

没啊。

许涛伸脚去拆其业已成型的二郎腿，长驱直入，足球运动员射门般。老小子，置没置气我能看不出来，眼角那点皱纹早把你心思出卖了。

我啥心思你一向知道。

倒是实话，许涛愣了半晌，带烟没？

接过陆石桥畔特色，五爷家自产的土匪烟，朝墙角敲敲烟屁股，为的是叫烟丝更加集中，抽起来方后劲十足，点燃，河面顺势现出阵阵烟波。

男人谈事，不拿烟打点缀，别扭，一支烟点燃，足够叨半天家常。

小宋絮叨的事却与家常无关。

三个字概括，当年勇。鼓王的名号着实有股魔力，真要换做许涛是故事里当年的主人翁，照样挂嘴上多年，常年电台主播生涯教会他的不仅是倾听，亦有换位思考的共情。

小宋，眼前貌不惊人的中年男子，唯一与中年沾不上边的，恐怕就剩其清瘦身形，以及随身携带的毛线棍。

不是毛线棍，我再纠正一遍，是鼓棒，敲架子鼓用的！

走在大街上的他，总为腰里那支棒的称呼与人发生争吵，往前推十年二十年，鼓王宋强的大名，名震十里八乡。四方邻里，但凡做喜事摆酒，门口支起大红色喜棚，那块光线最为亮丽的地便是给鼓王和他架子鼓留的，别的乐队主唱管事，到宋强这，完全反着。

面前一双架子鼓，手脚并用，敲出欢天喜地的阵势。

下月的喜事现邀？档期早排到年末！说起乐队最为兴盛那些年，已成老宋却依然叫人喊他小宋的鼓王眼里，放出光来。

人最怕就是不知从何时起，把想当年三个字挂在嘴边，沉溺于往日安好，一定是当下过得不够好，这道理活了半辈子，该懂，苦于嘴上没拴绳子，话总自顾自朝外头蹦跶。

响应乡村城市化号召后，家家户户将喜事全盘交给酒店，既专业，还省心，花钱不就图个便捷。

那咱就注定要做时代的弃儿，像小时候那些玩具，吆喝着丢呀丢手绢，轻轻地来到小朋友后边，最后不要告诉他，我们和抓子用的花岗石一样，默默退出历史舞台？

从前的端午，乐队赶场可要连轴转。

烟没剩多少，许涛大口嘬起，遇上拿不准的事，只能靠烟来缓解，河边气氛局促，略显尴尬。

人到中年万事休，作为小宋多年玩伴，许涛心中何尝不是满腹抱怨，难念的经家家有，落实到自身，同样往回拨转十年二十年，陆石河畔谁饭后黄昏不得依靠调频短波中他的声音消磨时光，节目以涛字命名，"涛声依旧"开播之际，火热度不亚于如今小孩追星。

怎么忽然就成了这样。

疑问置于心底，无人作答，前两天刚和台里负责新媒体的领导吵过一架，正发微信叫他回去。

肯定没啥好事！手机揣回兜里，复聊起从前。

咱俩认识，因为电台采访吧。

昔日的电台一哥，节目由直播档改为定期录播，自黄金档调换至夜阑人静的午夜，小宋，除了要强的性子，再难同往日亮丽灯光下的鼓王划上联系。

现在小孩儿哪还听广播，巴掌大的手机里啥都有，唯独缺了曾经玩具握在手中所带来的满足感，幸福愈发稀缺的年代，连节日都沦为仪式感的负累。

叫人郁闷！

转身扔烟蒂，猛然发现负责新媒体的副台长就在身后，旁边，站着刚来媒体部的金牌实习生。

找你研究节目咧，电话当摆设？

我那节目名存实亡，都快追随当年短波信号一同消失，现如今中波时代，是年轻人出风头的时候。

可别这么说，前辈，我小时候最爱听您的涛声依旧，还记得有回节目聊乐队，请鼓王做嘉宾，后来一直忘不掉，也找不到这期。

套近乎就免了！

许涛待要转身，手心忽然给一沓材料塞得满满当当，扉页赫然在目的一排黑体大字"当年情当年人端午追忆主题音乐节"映入眼帘。

小子，抽烟么。

不会，要不咱们换嚼口香糖？

不抽你可要错过与选题当事人面对面交流的机会咧。许涛丢下话头，便要抽身离去，叫身旁大手拦住，确切点讲是那支鼓棒。

别这么死板，给后生娃个机会，我看音乐节这点子挺不错。小宋说着，眼里现出少有的亮光。

鼓王发话，岂敢不从，走！

去哪？

去南岸，和你鼓王叔叔初识之地，那期访问就在岸边录的，大块空地，应该适合做音乐节场地。当时，你小子估摸刚升初中。

对头，每晚下自习都躲在被窝里听收音机，拧开齿轮的发射频段还是短波。

记得倒蛮清楚。

那可不——"短波就是内心短暂的波动，欢迎来到涛声依旧，我是你的老朋友许涛。"

前辈，我都想好了，咱音乐节宣传语就复刻您当年节目里这段开播抬头，绝对经典。

◀ 樱桃八角

樱桃好吃，果不耐留。

每年开春，小河解冻，天空摄入第一线日光，樱桃树于此复苏，枯黄到一碰就断的枝干，经历过春光照射，暗自生出筋骨。

明面，现出风光不与四时同的绿芒。

绿是生命，一年风调雨顺的伊始象征，有时候，意义甚至大于绿色本身，无非长成几丛绿叶，爬上二三青苔。

却显得比果子更重要。

搁年轻人话叫仪式感。

福成不懂，小学都没毕业的他静静地站在树下，望天，春光大好，附在人背上暖洋洋的，陆石桥人习惯如此，老祖宗传下来的，晒太阳可以去除霉气。

喂，能不能讲点科学。

儿子满脸的不屑，晒太阳作用明明是杀菌，咋硬和气运扯上干系，陈旧的小农思想，迂腐。

你小子可别欠今年的樱桃！

年轻的新盛把话咽回肚子里，福成却像拥有着魔法的透视仪，将其表情一眼看透。

哪有什么魔法，知子莫若父。

福成望天，并不说话，活到这个年纪的人，话通常被烦琐日常抹去太多，樱桃树在春风里，迎着布谷鸟的叫声摇晃，樱桃八角开花结果，樱桃八角开花结果。

一切都陷入无尽的循环。

如初生不准小孩抚摸的西瓜蔓，同理，言语声大，怕也会惊扰到樱桃树的自然生长吧。

尽管樱花并非掀开春天序幕的出旗手。

樱花好看，和新盛就读院校所在的那座因樱花而扬名的城市不同，陆石桥的樱花属本土种樱，直白点讲，一个观赏，一个作为茶余饭后的零嘴吃食。

层次能相同吗。

单花色都不如她们粉艳咧，电话那头的新盛，抱怨爹不愿意接受新生事物，不然就能微信打视频，让你见识见识啥叫樱花儿。

话末特意拉长的儿化音，不知为何，居然有刀子的质感，儿大不由娘，孩他娘走得早，呵呵。

福成苦笑，把这缘由转移到自己这个当爹的身上了。

门口日渐盛大的五棵樱桃树，花期近尾，得赶紧拿东西罩上。

关于保果，家家有家家的办法，大半辈子流水般耗过，福成还是习惯用蚊帐，每年春末夏初，即为新盛小时候床上的那顶蚊帐发挥作用之时。

穷家小户的人家，谁还没两手变废为宝的本事。

眼见着破洞一年比一年多，缝合速度远赶不上鸟雀啄洞，只得搬起椅子，坐在树丛旁，日复日年复年，由早年的八角钱一斤，贩卖樱桃的钱作为新盛学费的主流，成功把儿子给供出来。

供成陆石桥头号大学生。

毕业后留在城里上班的新盛倒挺争气，每月按时给家里寄钱，虽然回来的日子少。

福成业已习惯，就像他习惯年轻时单独面对樱桃树窃窃私语那样自然，樱花开过又谢，人却不曾停歇。

陆石桥人的生活就这样，地里的事情永远一茬接着下一茬，如一辆没有归期的火车，新盛回来的次数虽少，离多聚少的时间里，却总在劝福成进城。

进城干嘛，上班把我锁家里，好让我给你看家？

瞧你说的，要不愿意和我住，去养老公寓。

这几年，新盛定居的城市新建起许多养老公寓，福成早有耳闻，感叹爹是越来越不好当了，由最初的盼望到害怕儿子回来，自年初在屋后不小心滑倒后，新盛回来的次数渐多。

多得话都千篇一律了，劝他离开。

爹得照看门口的樱桃树。

不就是几棵树，砍掉，一了百了，大商场果蔬区啥水果没有。

你敢。

发火后平静下来的福成却明白，自己每况愈下的身体，跟那几棵老樱桃树，没法子比。

果不耐留，人更不耐留。

想着看着，有樱花落在身上，静悄悄地，天空如洗，岁月如戏，半生的情境轮番登台上演。

免不了的，迟早有离开那一天。

福成耳边再次响起多年前的午后，妻子从自行车后座上卸下樱桃树苗的欢欣场景。

以及那天屋后焕然一新的布谷鸟声：樱桃八角，樱桃八角。

如今的樱桃价格，可不知道翻出来多少倍八角。